Giuseppe Pontiggia

Zwei Leben

Roman

Aus dem Italienischen von
Karin Krieger

Carl Hanser Verlag

Die italienische Originalausgabe erschien erstmals 2000 unter dem Titel *Nati due volte* bei Mondadori in Mailand.

Die Arbeit der Übersetzerin am vorliegenden Text wurde vom Deutschen Übersetzerfonds e.V. gefördert.

2 3 4 5 06 05 04 03 02

ISBN 3-446-20135-1

Satz: Satz für Satz. Barbara Reischmann, Leutkirch
Druck und Bindung: Friedrich Pustet, Regensburg
Printed in Germany

Den behinderten Menschen,
die nicht darum kämpfen, normal zu werden,
sondern sie selbst

Die Rolltreppe

Die Rolltreppe fährt hoch in den dritten Stock, zwischen Treppen, die abwärts führen, Stufen, die oben zwischen den Lichtern verschwinden, Ebenen, die sich beidseits entfernen, inmitten der Menschenmenge, die sich im Stimmengewirr langsam weiterschiebt.

»Gefällt es dir?« frage ich von hinten in sein Ohr.

»Ja«, antwortet er, ohne sich umzudrehen.

Mit der Linken an den Handlauf aus Gummi geklammert, läßt er sich zurückfallen, weil er spürt, daß meine Arme geöffnet sind.

Ich stehe nach vorn geneigt, um ihn zu stützen. Als wir oben ankommen und die Eisenstufen in dem Spalt verschwinden, sackt er in sich zusammen.

»Hab keine Angst!« sage ich und richte ihn mühsam auf, damit er nicht stolpert.

Er stellt sich steifbeinig auf den Teppichboden hinter der Metallplatte. Es gelingt ihm, nicht hinzufallen. Er läuft los. Ich schaue in die Runde und wische mir mit der rechten Hand den Schweiß von der Stirn. Neben einem gelben Sonnenschirm in einem Sandkasten, der einen Strand imitiert, starrt eine Frau uns unfreundlich an. Auch ich starre sie an, ich habe die Nase voll von Menschen, die uns anstarren. Doch da stößt sie einen Schrei aus und führt die Hand zum Mund, man hört einen dumpfen Aufprall. Paolo ist auf die Seite gefallen und dreht sich nun, zu spät, auf den Rücken, wie man es ihm beigebracht hat. Sein Gesicht ist schmerzverzerrt, seine Hände auf dem Boden sind vergeblich geöffnet.

»Hast du dir weh getan?« flüstere ich, als ich mich über ihn beuge.

Er schüttelt den Kopf.

Ich helfe ihm auf, indem ich meine Füße gegen seine stemme und ihn an den Armen hochziehe.

Eine kleine Menschenansammlung – ich sehe Augen voll bestürzter Neugier – hat einen leeren Raum um uns gebildet und weicht nun zurück, um uns durchzulassen.

»Kein Grund zur Aufregung«, sage ich.

Ein paar Schritte lang stütze ich ihn.

»Geht's wieder?«

»Ja.«

Ich zeige auf eine Bar zwischen kleinen Palmen, die vor einem blauen Meer aus Pappmaché unter einem schrägen Strohdach in Tontöpfen stecken.

»Wollen wir was trinken?«

»Ja.«

Wir setzen uns auf rustikale Bänke an einen derben Holztisch. Neben uns reißt ein Pavillon in Form eines gigantischen Hais seinen Rachen auf, um Artikel für den Anglerbedarf zu verschlingen. Ich mustere die spitzen Zähne, die bedrohlich über uns ragen.

Ich bin entnervt und unglücklich.

Ich frage:

»Willst du eine Coca-Cola?«

»Ja.«

Ich halte ihm das Glas, während er trinkt.

Als wir aufstehen, sage ich: »Geh ordentlich! Paß auf!«

Er bewegt sich torkelnd, wie ein betrunkener Matrose. Nein, wie ein Spastiker.

Er dreht sich um und sagt mit seiner angestrengten Stimme: »Wenn du dich schämst, kannst du ja ein bißchen Abstand halten. Kümmere dich nicht um mich.«

Zur Welt kommen

Die Wehen setzen ein, als ich in der Schule bin. Ich habe bereits mit dem Unterricht begonnen. Die unterwürfige Hausmeisterin lächelt, beugt sich über den Lehrertisch und flüstert mir ins Ohr: »Professore, Ihre Frau ist schon in der Klinik. Ihre Mutter hat angerufen und darum gebeten, Sie zu benachrichtigen, aber es hat noch keine Eile.«

Ich hebe den Kopf, setze ein ruhiges Gesicht auf.

»Die Fruchtblase ist geplatzt«, fügt sie hinzu.

Ich nicke. Ich verstehe kein Wort, was heißt, die Fruchtblase ist geplatzt? Vielleicht ist die Plazenta geplatzt. Ich sehe eine zerreißende Membran vor mir, das Austreten von Flüssigkeit.

»Wenn Sie wollen, können Sie den Unterricht abbrechen«, schlägt sie vor.

»Nein, ich mache weiter.«

Idiot. Du willst den anderen und sogar dir selbst beweisen, wie gelassen du bist. Wie toll du der Gefahr ins Auge blicken kannst. Zumal nicht du in Gefahr bist. Doch damals dachte ich das nicht. Wie gelassen wir doch sind, wenn wir den Gefahren der anderen ins Auge blicken.

Vor allen Dingen keine Panik. Jahrtausende männlicher Erziehung in einem winzigen Augenblick. Ich schaue in die Klasse. Sie scheinen im Bilde zu sein, ein Mädchen in der ersten Bank hat ein paar Worte der Hausmeisterin aufgeschnappt und dreht sich zu einem Mitschüler um. Ich lächle. Alles unter Kontrolle. Ich sage: »Schluß für heute.«

»Es gibt Komplikationen«, sagt der Arzt auf dem Flur zu mir und weicht meinem Blick aus.

Fett, wie er ist, schwer atmend, mit dem herabhängenden Schnauzbart und dem starren Blick, erinnert er an eine dicke Maus, die sich davonstehlen will.

»Und das heißt?«

»Komplikationen, wie ich schon sagte.«

Er schaut zu mir hoch, um sich die Bestätigung zu holen, daß ich ihn nicht verstanden habe.

»Was für Komplikationen denn?«

»Alle und keine. Die größte Gefahr ist die Anoxie.«

»Heißt das, es bekommt keine Luft?«

»Gewissermaßen«, gibt er unwillig zu. »Doch das Herz schlägt gleichmäßig, im Moment gibt es keinen Anlaß zu einem Eingriff.«

»Was für einen Eingriff?«

»Kaiserschnitt. Aber Ihr Gynäkologe will das nicht. Er ist dagegen.«

Wie – dagegen? Ich sehe sein schlaffes, bleiches Gesicht vor mir, das spärliche Haar wirr auf dem Schädel verteilt, ein Bild von Mattigkeit, von Verfall: »Ich will den Kaiserschnitt vermeiden, der heutzutage so in Mode gekommen ist.« Ich, der ihm mit ernster Miene zuhörte, dabei aber an sie dachte, an sie, die ich nach Jahren wiedergetroffen hatte, an sie, die ich drei Stunden später wiedersehen sollte, ich fragte: »Aber ein Risiko besteht?« »Natürlich«, antwortete er. »Erinnern Sie sich an Leopardi? *In Mühsal wird der Mensch geboren und in tödlicher Gefahr.* Trotzdem ist der Kaiserschnitt das allerletzte Mittel, glauben Sie mir.«

Er lächelte mich gutmütig an, eine Maske der Weisheit, die viele aufsetzen, wenn sie in die Jahre kommen, dabei ist sie die letzte, endgültige, ewige Form der Dummheit. Eine dunkle Ahnung hatte ich schon auf der Treppe, als ich sie fragte: »Bist du sicher, daß er ein guter Frauenarzt ist?« »Er ist ausgezeichnet«, hatte sie geantwortet.

Jetzt kommt er den Flur entlang. Er watschelt mit seinen winzigen, eiligen Schritten auf mich zu wie ein Pinguin.

»Seien Sie unbesorgt«, sagt er – das sicherste Mittel, um Besorgnis auszulösen. »Sie müssen Geduld haben.«

»Warum kommt es nicht?«

»Es ist ein großes Kind«, seufzt er. »Es sieht so aus, als wollte es nicht auf die Welt kommen.«

Er lächelt und zwinkert mir zu: »Vielleicht hat es ja recht.«

Ich möchte ihn am liebsten an den Schultern packen, doch ich kann mir diesen Mann nicht zum Feind machen, den ich intuitiv bereits für den schlimmsten Gegner halte.

»Oh, gut, daß Sie da sind, Doktor Merini!« platzt meine Schwiegermutter dazwischen, die plötzlich hinter mir steht.

Sie nimmt ihn bei den Händen: »Sagen Sie doch, Doktor Merini! Alles wird gut, nicht wahr?«

»Aber natürlich, Signora! Es ist nur eine etwas komplizierte Geburt, die Natur wird es schon richten!«

Sie faltet die Hände: »Oh, das wollte ich von Ihnen hören!«

Sie ist üppig, erhitzt, überschwenglich und stets kurz vor dem Kollaps, der jedoch niemals kommt, immer auf der Jagd nach Befürchtungen, die zerstreut werden müssen, und nach Ängsten, die es zu beschwichtigen gilt.

Sie fügt hinzu: »Hauptsache, meinem Mädchen passiert nichts!«

»Und dem Kind auch nicht«, ergänzt meine hinzutretende Mutter eisig.

Sie hat das Gespräch in einer Fensternische mit angehört, wo sie sich gerade so weit versteckte, daß sie von allen gesehen wurde. Und sie hat das versteinerte Gesicht aufgesetzt, das mich in meiner Kindheit immer so erschreckt hatte.

Sie sagt: »Wir wollen doch nicht vergessen, daß es hier um das Kind geht.«

Meine Schwiegermutter dreht sich um und mustert sie wie einen Eindringling.

»Ciao! Ich habe dich gar nicht gesehen«, sagt sie.

Und weiter: »Um das Kind. Natürlich! Um alle beide! Das Wichtigste ist jetzt, keine Zeit zu verlieren!«

»Ihr wart es ja, die den Kaiserschnitt ausgeschlossen habt«, sagt meine Mutter mit ihrer undurchdringlichen Miene.

»Was erzählst du da?« fährt meine Schwiegermutter sie nach Luft ringend an. »Wir haben überhaupt nichts ausgeschlossen! Wir wollen nur nach Möglichkeit eine Operation vermeiden. Und überhaupt: Wer ist denn dieses *Wir*?«

»Du und deine Tochter mit euren naturheilkundlichen Theorien!« Dann zeigt meine Mutter auf mich. »Und er auch, der so tut, als hörte er euch zu, während er mit seinen Gedanken ganz woanders ist!«

»Du nun wieder mit deiner ewigen Unkerei!« sage ich, um sie zu verletzen.

Das ist mir gelungen. Der Hieb scheint gesessen zu haben. Sie kehrt in ihre Fensternische zurück, hüllt sich in entrüstetes Schweigen und sieht hinaus. In ihrer Jugend war sie Laienschauspielerin. Das vergißt sie nie und ich auch nicht.

Ich erinnere mich an unzusammenhängende Fetzen, wie an die Einzelbilder eines Films, den ich nicht mehr im ganzen vor mir habe. Die Schwester, die aus dem Zimmer am Ende des Flurs kommt und mit hastigem Rascheln an mir vorbeieilt, als sähe sie mich nicht, ich, der sie einholt und fragt: »Was geht hier vor?« »Fragen Sie Ihren Frauenarzt«, ist die Antwort.

Dann das zunehmend verstörte Gesicht von Doktor Merini (»Ich dachte nicht, daß es so kommen könnte«), ein ängstlicher Idiot ist noch schrecklicher anzusehen als ein fröhlicher. »Was soll das heißen: Ich dachte nicht?« Ich packe ihn endlich an den Schultern, tue, was ich schon zwölf Stunden zuvor hätte tun sollen. Zwölf Stunden sind vergangen, keine Geburt, sondern eine Art Todeskampf. Er macht sich los. »Was tun Sie denn da?« schreit er. »Wir werden die Zange nehmen!« »Warum kein Kaiserschnitt?« »Zu spät, die Geburt ist schon zu weit fortgeschritten!«

Dann ich, wie ich mich in der Kapelle der Klinik durch ein Gewimmel bunter Lichter vorwärts bewege, ich, der auf einer blanken Holzbank niederkniet, die Kirche scheint unecht zu sein, ich fühle mich wie ein Schauspieler, der seine Rolle nicht spielen will, warum ist er hier?, es ist nicht seine Rolle.

Und ob es deine ist, die Zeit der Komödie ist vorbei, jetzt kommt die Tragödie. Momente wie diesen hast du schon erlebt, es ist, als folgtest du einem Ruf, du hast es immer gesagt, durchhalten, du verhandelst mit Gott, einen Monat wirst du sie nicht sehen, nein, das ist zuviel, drei Wochen, du schließt die Augen, wenn nun alles kommt, wie es kommt, ist es auch deine Schuld, nicht nur die der Schulmedizin, wo warst du denn, als sie mit dir darüber sprachen und du nur mit halbem Ohr zuhörtest? Sie nicht mehr sehen, nein, das wird dir nicht abverlangt, dann wärest du unglücklich, es wäre für alle noch schlimmer.

Du hörst eine tonlose Stimme in dir, und sie pflichtet dir bei, es ist, als würde jemand zustimmen, du verdienst es nicht, aber du hast es bekommen, du bekreuzigst dich, murmelst danke.

Ich erinnere mich nicht mehr, wer mir als erster von dem ausgebliebenen Schrei erzählte, aber ist das denn so schlimm?, ja, es ist schlimm, das Kind war zyanotisch, noch ein Wort fällt mir wieder ein, katatonisch, der Chirurg wirft es mir hin, als er aus der Tür kommt, dann die Frage, die sie nicht hören wollen und die die einzige ist, die dich interessiert, was hat das für Folgen?, es ist zu früh, um das zu sagen, sie können auch harmlos sein, denken Sie jetzt an Ihre Frau.

Sie liegt bleich, ängstlich und still im Bett. Sie schaut zum Fenster. An den Scheiben fließt in gewundenen Rinnsalen der Regen herunter. Ich greife nach ihrer Hand auf der Bettdecke: »Du warst so tapfer.«

Sie schüttelt den Kopf.

»Du wirst sehen, alles wird gut.«

Sie antwortet nicht.

Dann setzt sie zum Sprechen an, ihre Stimme ist kraftlos, ich beuge mich vor, bis ich sacht ihre Stirn berühre, feucht von eiskaltem Schweiß. Sie fragt: »Hast du das Kind gesehen?«

»Nein.«

»Geh und sieh es dir an.«

Wer hatte da etwas von einem freudigen Ereignis erzählt?

Nie werde ich dieses Gesicht vergessen, violett, winzig klein, erschrocken in einer Art Lächeln erstarrt, der Kopf langgezogen, das Bild einer mesopotamischen Gottheit, das mir unversehens in den Sinn kommt. Es ist schrecklich und vertraut, die Schwester hält es im Arm: »Wir legen es in den Brutkasten.«

»Aber der Kopf?« frage ich.

»Das ist das kleinere Übel«, antwortet sie, geht ins Zimmer und beugt sich über das Bett, um es der Mutter zu zeigen.

Hinter Glas

Man geht umher wie in einem Aquarium, die Neugeborenen in Glaskästen versiegelt, von ihm sehe ich zunächst die Geschlechtsorgane, gigantisch vergrößert durch eine kreisförmige Lupe, wie ein winziges Bullauge auf ein nacktes Körperchen gerichtet. Dann sehe ich seinen linken Fuß, der in gleichmäßigen Abständen von einem Zucken erfaßt wird; am Anfang war es viel stärker, sagt der mich begleitende Arzt, jetzt steht es unter dem Einfluß von Beruhigungsmitteln.

Seine gekrümmten Finger strecken sich in stillen Krämpfen. Wie ein Fächer, der sich langsam öffnet, um sich ruckartig wieder zu schließen. »Ist das Epilepsie?« frage ich und lege eine unnatürliche Ruhe an den Tag, als wäre ich ein Außenstehender. So verhalten wir uns immer, wenn wir die Ärzte zu Aufrichtigkeit bewegen wollen, doch das ist ihnen genauso vertraut wie uns. So betrügen wir uns gegenseitig, um uns auf keinen Fall die Wahrheit sagen zu müssen.

»Warten wir das EEG ab«, antwortet er mit professioneller Distanz.

Mitgehört

Die erstickte Stimme meines Schwiegervaters am Telefon, der nicht ahnt, daß ich ihn höre, während er an einem Fenster vom Klinikflur aus mit seinem Sohn Marco spricht: »Ja, es kann sogar debil werden, verstehst du?«

Sein Gesicht hochrot vor Erregung, die Augen weit aufgerissen. Am liebsten würde ich ihn aus dem Fenster stoßen, doch seine erschütterte Miene besänftigt mich. Er übertreibt, sage ich mir, das macht er immer so. Er bauscht die Gefahr auf, um sie noch schrecklicher zu machen und sie dann in abgeschwächter Version zu akzeptieren. Der Gedanke an eine Behinderung macht ihm angst. Ihm, dem Reinlichkeitsfanatiker, dem Sportbegeisterten, dem Gesundheitsapostel, ihm, der sich nicht damit abfinden kann, älter zu werden.

»Hör auf mit deiner Fragerei!« ruft er in die Sprechmuschel. »Wir wissen rein gar nichts! Wir können nur abwarten! Sie sagen uns nicht das geringste!«

Er hat mich entdeckt, krümmt sich, als wollte er sich vor meinem Blick ducken, richtet sich wieder auf, macht ein niedergeschlagenes Gesicht und fragt müde, während er den Hörer einhängt: »Hast du gehört, was ich gesagt habe?«

»Ja.«

Er fährt sich mit dem Handrücken über die Stirn.

»Wie schaffst du es nur, so ruhig zu bleiben?«

»Ich bin nicht ruhig«, antworte ich. »Aber du kannst nicht deine Vernunft abschalten.«

Er sieht mich mit funkelnden Augen an.

»Erzähl mir nichts von Vernunft«, sagt er.

Schuld

Wir treffen uns in dem Pavillon auf dem Hügel oben im Park, wo wir uns schon fünf Monate zuvor getroffen haben, als wir uns die ersten Male wiedersahen. Es war derselbe Pavillon, in dem wir uns auch in unserer Jugend getroffen hatten, vor fünfzehn Jahren, als ich ihr nicht sagen konnte, was ich empfand, und sie ebenso fasziniert war wie dann enttäuscht, weil ich es ihr nicht sagte. Es liegt etwas Offensichtliches und Absurdes in der Wahl dieses Cafés, eine krampfhafte Wiederholung, so zyklisch wie das kreisrunde Dach über uns.

»Wann, denkst du, werden wir uns wieder treffen?«

Sie fügt hinzu: »Entschuldige, wenn ich das frage, aber ich glaube, ich habe ein Recht dazu.«

Sie hat feuchte Augen und das deprimierte, entschlossene Gesicht, das sie in den schlimmsten Momenten aufsetzt. Wahrscheinlich sind es für sie die besten, solche, in denen sie sich selbst besiegt und damit, bildet sie sich ein, auch ihren Gegner.

»Uns dort wieder treffen, meinst du?«

Ich versuche, Zeit zu gewinnen.

»Natürlich«, antwortet sie. »Tu bitte nicht so!«

»Dort« ist ein Zimmer im obersten Stock eines Hauses im Viale Campania, ohne Portiersloge und ohne Namen an der Tür. Eine Mansarde mit schräger, erdrückender Decke, die auf eine Dächerlandschaft geht. Wir haben sie vor drei Monaten gemietet und kamen zu absonderlichen, fast unmöglichen Zeiten dorthin, auch morgens, wenn ich in der Schule meinen freien Tag hatte und sie sich wenigstens für zwei Stunden von ihrer Familie entfernen konnte.

»Ich habe deinen Wunsch, jetzt nicht dort hinzugehen, respektiert«, fährt sie langsam fort. »Auch wenn ich, mit Verlaub, keinen Zusammenhang zwischen unserer Beziehung und dem, was passiert ist, sehe.«

Sie hat sich ihre Worte zurechtgelegt, bewegt sich mit Bedacht auf einem bereits sondierten Terrain.

Mit festerer Stimme fügt sie hinzu: »Inzwischen sind fünfundzwanzig Tage ins Land gegangen. Du hättest mich wenigstens fragen können, was ich davon halte.«

»Ich dachte, du verstehst auch so.«

»Ja, aber du hättest mit mir darüber sprechen sollen!«

Ihr erregter Tonfall kündigt eine der Auseinandersetzungen an, vor denen mir graut.

»Meine Lage ist nicht weniger prekär als deine«, sagt sie dann. »Ich habe zwei Kinder, und mein Leben ist kompliziert genug.«

»Ich weiß.«

»Ich hatte das Gefühl, aus deinem Leben ausgeschlossen zu werden. Was habe ich dir getan?«

»Dich trifft überhaupt keine Schuld«, sage ich.

»Schuld?« Sie läuft rot an. »Aha, sag es doch endlich!«

»Ich habe es schon gesagt.«

»Wehe, wenn du so zu denken beginnst!«

»Nicht so laut!« flüstere ich. »Man hört dich!«

Die Frau am Nachbartisch, die uns die ganze Zeit beobachtet hat, dreht sich weg.

»Na und?« begehrt sie auf. »Ich merke schon, worauf das hinausläuft! Du das Opfer deiner Schuldgefühle und ich mitschuldig!«

»Ich habe nicht die Schuldgefühle, die du meinst«,

sage ich leise. »Und ich gehe auch nicht wie du zum Analytiker, um sie loszuwerden. Du machst das schon richtig, aber mein Fall liegt anders.«

»Was soll das heißen?«

Sie sieht mich entgeistert an, die Augen voller Tränen.

»Ich habe nicht wie du eine eingebildete Schuld, die in die Kindheit und ins Unbewußte zurückreicht. Meine Schuld ist konkret.«

»Und wie soll die aussehen? Das Kind ist aufgrund vieler Fehler so geboren, dafür kannst du doch nichts.«

»Nein, ich konnte vorher etwas dafür.«

»Wann?«

»Als sie das Kind erwartete und du wiederaufgetaucht bist.«

»Wußte ich's doch: ich bin schuld!« Sie lächelt sarkastisch. »Darauf hätte ich wetten können!«

»Ich rede nicht von dir«, antworte ich ruhig. »Ich rede von mir.«

Sie wartet, daß ich weiterspreche.

»Wäre ich öfter dagewesen, wäre vielleicht alles anders gekommen.«

Sie fährt auf: »Wo, im Krankenhaus? Was hättest du denn tun können? Es hätte nichts geändert!«

»Ich meine ihre Sorgen wegen uns während der Schwangerschaft.«

Sie umklammert die Armlehnen ihres Eisenstuhls: »Du hast mir doch gesagt, sie weiß von nichts!«

»Nein, sie hatte alles durchschaut«, antworte ich.

Ich weiß nicht, ob das stimmt, ich merke es erst jetzt.

»Dann erzählst du also nichts als Lügen, ihr und mir!«

»Die Ärzte fragen sie, ob sie während der Schwangerschaft Probleme hatte«, sage ich weiter.

»Und sie?«

»Sie streitet es ab, doch sie tut es, um mich zu schützen.«

»Interessant, was du mir alles verschwiegen hast!« bemerkt sie bitter. »Und warum kommst du jetzt damit? Um dich zu entlasten?«

»Nein, um herauszufinden, ob es Auswirkungen auf das Kind hatte.«

Ich füge hinzu: »Die Ärzte schließen das nicht aus.«

Sie sieht mich forschend und ängstlich an.

»Haben sie was gesagt?«

»Nein, das vermuten sie ganz allgemein.«

Sie schüttelt den Kopf.

»Sie erzählen viel, wenn der Tag lang ist! Mach dir keine Gedanken!«

Mit der Brutalität, die mich bei ihrem kindlichen Gesicht schon immer überrascht hat, sagt sie: »Denk an die Kinder, die im Krieg geboren werden!«

Ich antworte nicht. Auch das hier war ein Krieg! Ein Krieg voller Argwohn und Verrat, voller Hinterlist und Rückzüge, voller Zärtlichkeit, Haß und Angst.

»Du glaubst, dich durch eine Beichte reinwaschen zu können«, fährt sie fort. »Aber das ist nicht der richtige Weg. Du hast nicht all die Schuld, die du zu haben glaubst. Man teilt seine Schuld immer mit anderen.«

»Mit dir?«

»Nein, mit ihr.«

»Ist es das, was dir dein Analytiker erzählt?« frage ich.

Kollegen

Dem Kollegen, der Mathematik und Physik unterrichtet, ist vor kurzem ein kleiner Knoten aus der Achselhöhle entfernt worden, und vermutlich trägt diese Operation dazu bei, daß er so begierig auf Krankengeschichten ist. Er erkundigt sich nach Paolos Befinden. Ich erzähle ihm, daß er aus der Klinik entlassen sei und das Zucken aufgehört habe. Es gebe kein bestimmtes epileptisches Zentrum – er hängt mit unersättlicher Aufmerksamkeit an meinen Lippen –, da sei eine diffuse Schädigung der Hirnrinde, doch nach Auskunft des behandelnden Kinderarztes könne es sein, daß die Symptome künftig nicht mehr aufträten. Die Kasuistik sei ermutigend, abgesehen von der Möglichkeit leichter Anfälle in der Pubertät.

»Doch ihr werdet euch niemals« – bedrohlich und prophetisch hebt er den Zeigefinger –, »niemals in Sicherheit wiegen können! Immer wird ein Damoklesschwert über euren Köpfen hängen!«

Ich starre ihn entsetzt an, bin unfähig zu einer Reaktion, bin auch unfähig zu begreifen, was er eigentlich sagen will. Dabei ist es ganz einfach: »Bei einer Verletzung des Gehirns, auch wenn sie nur diffus ist, bleibt immer« – wieder hebt er den Zeigefinger – »die Gefahr einer Krise!«

»Ich danke dir für diesen Hinweis«, antworte ich mit einer Stimme, die nicht meine zu sein scheint.

»Nichts zu danken, mein Lieber«, fährt er fort. »Es

mag vielleicht brutal für dich klingen, aber es ist besser, den Tatsachen ins Auge zu sehen.«

»Natürlich«, sage ich.

Mein Blick ist verschleiert, ich wende mich zur Tür. Dieses Gespräch werde ich nie vergessen, denke ich noch. Ich habe es auch nicht vergessen.

Die Kristallkugel

Sie ist die Lieblingsmetapher derjenigen Ärzte, die keine Prognosen abgeben wollen, sie sagen dann, sie hätten sie nicht. »Wenn ich doch nur eine Kristallkugel hätte«, seufzen sie und runzeln die Stirn mit einer Ratlosigkeit, die sie für weise halten. Oder in einem gröberen, hemdsärmeligeren Ton: »Schließlich haben wir keine Kristallkugel!«

Ich habe sie jahrelang gehaßt. Sie verschanzen sich hinter einer abgenutzten Redewendung, die selbst noch die märchenhafteste Glaubwürdigkeit verloren hat, als müßten sie sich gegen aberwitzige Ansprüche verteidigen, die doch nur Bitten um Hilfe sind, Appelle an die Hoffnung, Fluchten in die Zukunft, um von der Verzweiflung der Gegenwart loszukommen. Sie greifen auf einen Satz zurück, den sie womöglich von einem Oberarzt gelernt haben (an die Banalitäten der Besten erinnern sie sich am beharrlichsten), um sich damit inkognito Autorität zu verschaffen. Das Alibi des Berufsethos soll dieses Abwürgen des Gesprächs dann bemänteln. Doch die Patienten und ihre Angehörigen sind nie darauf hereingefallen. In der Kristallkugel sehen sie nicht die fragwürdige Möglichkeit, die Zukunft vorauszusagen, sondern die Feigheit, mit der sich die Ärzte einer schmerzhaften, schwierigen Analyse entziehen, einer anstrengenden und quälenden Konfrontation. Die sachkundigeren und menschlicheren Ärzte, die zu einer solchen Auseinandersetzung fähig sind, haben dies nie bereut.

Ich erinnere mich an den Professor, der uns drei Monate nach Paolos Geburt am Schreibtisch in der Klinik die Wahrheit oder vielmehr das, was er dachte, offenbarte. In einem von Angst erfüllten Halbdunkel besann er sich lange, bevor er uns antwortete. Er griff nicht auf die Kristallkugel zurück. In der Medizin und im Umgang mit Menschen erfahrener als viele seiner Kollegen, sah er uns in die Augen und sagte mit ruhiger, fester Stimme: »Ich kann das Schicksal Ihres Sohnes nicht voraussagen. Ich kann nur einige begründete Vermutungen anstellen.

Die optimistischste Variante: Die Schädigung des Gehirns durch Zange und Sauerstoffmangel während der Geburt bildet sich zurück. Sie hinterläßt keine bleibenden Spuren. Die Störungen sind vielleicht unerheblich. Diese Variante ist nicht die wahrscheinlichste.

Betrachten wir die zweite Möglichkeit: Die Gehirnverletzungen haben, wenn auch nicht tiefgreifend, die motorischen Zentren und das Sprachzentrum beeinträchtigt. Das Kind lernt erst spät sprechen. Während seine Altersgenossen mit drei Jahren über tausend Wörter verfügen, kennt es nur hundert. Sein Gang und die Geschicklichkeit seiner Hände sind mangelhaft. Trotzdem ist es intelligent und weist lediglich Anzeichen einer Unreife auf, die auch auf die Eingeschränktheit seiner Erfahrungen zurückzuführen ist.

Kommen wir zur schlimmsten Möglichkeit: Es ist noch zu früh, als daß das EEG zuverlässig sein könnte, so daß es die Schwere der Verletzungen nicht angezeigt hat. Die Beeinträchtigungen der Bewegungsfähigkeit und der Intelligenz sind gravierender als befürchtet. Diese Variante ist nicht die wahrscheinlichste, wenn Sie mich fragen.

Doch ich kann mich irren. Sie sollten von einem Tag zum anderen leben, denken Sie nicht zu zwanghaft an die Zukunft. Es wird eine außerordentlich harte Erfahrung für Sie werden, aber wehren Sie sie nicht ab. Sie werden danach bessere Menschen sein.

Diese Kinder werden zweimal geboren. Sie müssen lernen, sich in einer Welt zurechtzufinden, die ihre erste Geburt schwerer gemacht hat. Ihre zweite hängt von Ihnen ab, davon, was Sie geben können. Sie sind zweimal geboren, und ihr Weg wird steiniger sein. Doch am Ende wird es auch für Sie eine Wiedergeburt sein. Das zumindest ist meine Erfahrung. Etwas anderes kann ich Ihnen nicht sagen.«

Danke, aus dem Abstand von dreißig Jahren.

Der erste Besuch bei der Ärztin

Die Ärztin empfängt uns in einem engen, dunklen Vorzimmer, in dem man sich kaum drehen und wenden kann. Manche Häuser zeigen sich, wie auch manche Menschen, in der Diele von ihrer schlechtesten Seite, um das erste Bild später zu korrigieren. Doch nur die Oberflächlichen, sagte Wilde, lassen sich nicht vom ersten Eindruck leiten.

Nur mit Mühe können wir uns unserer Mäntel entledigen, indem wir abwechselnd das Kind halten, den Rücken an die Wand pressen, einen schwarzen Holzschrank öffnen und sie hineinstopfen. Dann kommen wir in einen Gymnastikraum mit Sprossenwänden bis hoch zur Decke und einer quadratischen Kunststoffmatte in der Mitte des unregelmäßigen Parkettbodens. Der nebelverhangene Nachmittag dämpft das graue Licht hinter den Fensterscheiben.

Wir werden gebeten, auf einem kleinen Korbsofa Platz zu nehmen, während sie sich auf ein riesiges Kissen setzt. Es ist offensichtlich, daß das ihr Lieblingsplatz ist.

Sie hatte am Telefon vergessen, uns ihr Honorar zu nennen. Das holt sie jetzt nach, und es ist ungewöhnlich hoch. Mißtrauisch und unsicher beobachtet sie unsere Reaktionen. Wir kaschieren sie mit einer ebenso ungewöhnlichen Lässigkeit.

»Ist das in Ordnung für Sie?« erkundigt sie sich.

»Ja«, lüge ich.

Sie hat etwas Unangenehmes an sich, etwas Ängstliches und Unbeholfenes, das sie unüberwindlich fremd macht, schwankt sie doch zwischen Zögern und Aggression. Das wird mir erst heute bewußt, aus dem Abstand vieler Jahre. Eingeschüchtert durch die Ungewißheit der Diagnose und begierig darauf, beruhigt zu werden, sorgte ich mich damals um die Stimmung des Orakels, auch wenn ich dunkel seine Grenzen ahnte. Wie viele Gespräche müßten in anderen Zeiten stattfinden! Mitunter dauert es Jahre, bis man, zumindest theoretisch, die passenden Antworten parat hat. Doch inzwischen ist der Gesprächspartner gestorben oder verschwunden, oder er hat es vergessen. Nur wenige Begnadete mit großer Geistesgegenwart zeigen Reaktionen, die auch in der späteren Erinnerung noch gutgeheißen werden. Wir aber, vom Zweifel verwirrt oder vor Überraschung wie versteinert, können es ihnen nicht gleichtun.

Die Ärztin bittet uns, Paolos Geschichte klar und deutlich darzulegen. Sie scheint einen allzu detaillierten, weitschweifigen Bericht zu befürchten und treibt mich, kaum daß ich begonnen habe, mit einem »Jaaa«, »Jaaa« an, das jeden Dialog im Keim erstickt. Ich kürze ab, vereinfache, fasse zusammen. Zu guter Letzt fordere ich Franca gereizt auf, ihr das Kind zu geben, das sie auf dem Schoß hält. Die Ärztin nimmt es mit mütterlicher Gier, wie eine Befreiung, legt es auf die Matte, breitet seine Arme aus, streichelt ihm die Händchen und kitzelt es an den Fußsohlen. Später werde ich die gleichen Gesten bei anderen Spezialisten wiedersehen, doch jetzt wirken sie versiert, rhythmisch und sachverständig auf mich. Sie fragt, welcher Arzt uns zu ihr geschickt habe, und ich antworte, keiner. Was heißt keiner? Eine Kollegin von mir hat durch eine Freundin von ihr gehört. Und der Neurologe, was meint der? Es gibt keinen Neurologen. Das Kind wurde nach vierzig Tagen aus dem Krankenhaus entlassen, und der Kinderarzt sprach von Störungen, die sich mit der Zeit verlieren werden.

»Aber sind denn hier alle verrückt?« fragt sie und richtet sich auf.

»Nein, keineswegs«, antwortet Franca bleich. »Wir haben uns an Sie gewandt, um eine Bestätigung zu bekommen.«

Die Ärztin sieht sie entgeistert an.

»Um Gewißheit zu haben«, fügt Franca zunehmend beunruhigt hinzu.

»Aber dieses Kind ist behindert!« ruft sie aus. »Dystonische spastische Tetraparese! Davon haben Sie nichts gesagt!«

Ich spüre eine plötzliche Schwäche in den Beinen.

»Das sind keine vorübergehenden Störungen!« redet sie weiter. »Hier muß man sofort anfangen!«

Ich reiße die Augen auf.

»Womit?«

»Mit der Physiotherapie! Viele Stunden täglich! Und Sie müssen die ganze Zeit mitarbeiten!«

Sie hat sich an Franca gewandt, die eine stille Panik zeigt.

»Wir dürfen keine Zeit verlieren!« fügt sie hinzu. »Es ist schon viel zuviel versäumt worden!«

Ich frage aufgeregt: »Was kann denn passieren?«

»Jede Menge! Ich kann nicht alles voraussehen. Das hängt von der Entwicklung seiner Symptome ab.«

»Zum Beispiel?«

»Sein Gang!« sagt sie. »Es könnte sein, daß es nicht richtig laufen kann.«

»Wie?«

»So«, antwortet sie.

Sie steht auf und imitiert barfuß, wie eine dicke Tänzerin, einen taumelnden Gang, bis sie schließlich das Gleichgewicht verliert und umfällt.

»Verstehen Sie?«

»Ja«, sage ich leise.

Es ist ein Bild des Schreckens, ich sehe, wie Franca sich die Hand vors Gesicht hält.

»Das ist sicher«, sage ich tonlos, ohne zu wissen, ob es eine Frage oder eine Zustimmung ist.

»Nein, das ist nicht sicher«, sagt sie, erhebt sich federnd von der Matte und hüpft einige Male herum, als stände sie auf glühenden Kohlen. »Auch das Sprechvermögen und die Geschicklichkeit der Hände können betroffen sein.«

»Und der Verstand?« frage ich mit gesenktem Kopf.

»Nein, das glaube ich nicht.« Sie zuckt mit den Schultern. »Die eigentlichen Probleme liegen woanders.«

Ich lehne mich auf dem Korbsofa zurück. Franca trocknet sich die Augen mit einem Taschentuch.

»Hat Ihnen denn niemand etwas gesagt?« fragt die Ärztin.

»Doch, jemand im Krankenhaus«, antworte ich. »Am Anfang. Dann nicht mehr.«

»Unglaublich!« ruft sie und dreht ihr Gesicht weg, als hätte sie eine Ohrfeige bekommen.

Ich sehe Franca an, doch vorläufig sage ich nichts.

Als wir die Treppe hinuntergehen, analysieren wir in einer erbitterten und gründlichen Aufzählung die Fehler der Spezialistin. Diese Bilanz ist unerfreulich und beruhigend zugleich.

»Wann sollst du sie wieder anrufen?« frage ich.

»In zwei Wochen.«

»Und wirst du es tun?«

»Nein.« Sie sieht mich mit einer Sicherheit an, die sich auch meiner sicher ist. »Sie ist zu pessimistisch. Niemand hat je so mit uns gesprochen, wir können ihr nicht vertrauen. Wir brauchen jemanden, der auf das Kind eingeht.«

»Das denke ich auch.«

Ich füge hinzu: »Sie hat nicht viel Erfahrung. Sie steht erst am Anfang ihres Berufes.«

»Du sagst es.«

Wenn ich sehe, wie Paolo torkelnd vor mir her läuft, sehe ich auch sie wieder, wie sie in der Abenddämmerung in dem grauen Zimmer auf der Matte torkelt und dabei einen langen Schatten an die Wand wirft. Ich glaube, sie war die einzige, die uns ein Bild von der Zukunft zeigte, das nahe an die Wirklichkeit herankam. Vielleicht haben wir sie deshalb abgelehnt.

Was ist normal?

Nichts. Wer ist normal? Niemand.

Ist man von Andersartigkeit betroffen, ist die erste Reaktion nicht, sie zu akzeptieren, sondern sie zu leugnen. Das tut man, indem man zunächst einmal die Normalität leugnet. Normalität gibt es nicht. Der Wortschatz, der sich auf sie bezieht, wird plötzlich zurückhaltend, augenzwinkernd, unbestimmt sarkastisch. In der gesprochenen Sprache werden die Zeichen der schriftlichen verwendet: »Die Normalen, in Anführungszeichen.« Oder man sagt: »Die sogenannten Normalen.«

Die Normalität, die aggressiven Analysen nicht weniger ausgesetzt ist als die Andersartigkeit, offenbart nun Risse, Sprünge, Mängel, funktionelle Verspätungen, Aussetzer, Unregelmäßigkeiten. Alles wird zur Ausnahme, und unser Wunsch nach der Norm, der sich von der Tür entfernt hat, taucht am Fenster noch schrecklicher wieder auf. So wird er letztendlich noch verstärkt, wie ein Virus, das durch die Mittel zu seiner Bekämpfung unangreifbar geworden ist.

Als Einstein auf die Frage nach seiner Staatsangehörigkeit antwortet: »Mensch«, übersieht er die Unterschiede keineswegs, er vernachlässigt sie nur innerhalb eines weiter gesteckten Horizonts, der sie mit einschließt und sie überwindet.

Das ist die Landschaft, die sich auftun sollte – sowohl vor dem, der aus dem Unterschied eine Diskriminierung macht, als auch vor dem, der den Unterschied leugnet, um sich nicht der Diskriminierung schuldig zu machen.

Das Kunstgymnasium

Ich habe viele Jahre an einem kunstorientierten Gymnasium unterrichtet. Ich begann dort in meiner zweiten Anstellung, als ich achtundzwanzig war. Nie hatte ich einen Behinderten wahrgenommen. Doch heute sehe ich viele dort, ich weiß nicht, ob deswegen, weil mein Blick inzwischen geschärft ist oder weil es mehr geworden sind. Ich glaube, beides.

In einer Klasse hatte ich eine blonde Schülerin, die in der ersten Reihe saß. Mit dem über die breiten Schultern fallenden Haar und dem runden Gesicht sah sie für mich aus wie eine australische Schwimmerin, die frisch umgezogen vom Training kommt. Ihr Körper verriet Geschmeidigkeit und Kraft. Ruhig, sehr ausdruckslos und mit glänzenden Augen folgte sie dem Unterricht mit gebannter Aufmerksamkeit.

Als ich sie zum erstenmal abfrage und sie mit den Händen auf dem Rücken reglos und würdevoll am Lehrertisch steht, verstehe ich ihre Antwort nicht.

»Könntest du etwas lauter sprechen?«

Sie wirft das Haar zurück, preßt die Lippen zusammen und schüttelt den Kopf, als verlangte ich Unmögliches von ihr.

Ich sehe sie erstaunt an, und sie dreht sich zur Klasse, als wollte sie um Hilfe bitten. Der eine oder andere lächelt in seiner Bank. Sie wendet sich wieder zu mir und wispert unhörbare Worte.

Ich recke meinen Hals in ihre Richtung und bedeute

ihr, mir ins Ohr zu sprechen. Mit der linken Hand verbiege ich es zu der für Taube typischen Muschelform (die Bezeichnung »Gehörlose« überlasse ich denen, die mit Behinderungen nicht vertraut sind). Sie beugt sich mit gerötetem Gesicht zu mir und flüstert heiser: »Verzeihung, ich kann nicht lauter sprechen.«

»Keine Sorge«, antworte ich großspurig. »Wir werden uns schon verstehen.«

Ich bin nur wenige Jahre älter als sie und fühle mich hilfsbereit, großzügig, korrekt, tolerant. Ein junger, großartiger Lehrer, der seiner Aufgabe gewachsen ist. Die Klasse kichert, einige entziehen sich meinem Blick, indem sie sich hinter ihre Gefährten ducken, andere stoßen sich mit dem Ellbogen an, und manche versuchen, mit einem gedämpften Gewieher einen Lachkrampf zu unterdrücken.

Ich verlange von dem Mädchen nur knappe Antworten: Titel, Jahreszahlen, Orte, Namen, auswendig gelerntes Wissen in Reinkultur (das übrigens keineswegs zu verachten ist, wie man begreifen wird, wenn es erst einmal abgeschafft sein wird). Sie meistert ihre Rolle glänzend, erstaunt über meine Metamorphose, was die Art der Fragestellung angeht.

Ich entlasse sie mit einem breiten Lächeln und winzigen Schweißperlen auf der Stirn. Sie hat sich gründlich vorbereitet, ich gebe ihr eine gute Zensur, die ich mit überdeutlicher Geste ins Klassenbuch eintrage. Ich bin ein kleiner Held der modernen Didaktik, praktisch und ungezwungen. Auch die Klasse scheint das zu schätzen, manch einer ist vom Lachen zu einem Lächeln übergegangen, und das ist kein geringer Erfolg.

Während sich das Mädchen erschöpft und froh wieder setzt, erzählt mir ihre Banknachbarin, daß diese Schwierigkeiten bei den Lehrern in den naturwissenschaftlichen Fächern, wo weniger gesprochen werde, nicht so groß seien. Nur bei Cornali, dem Lehrer für Kunstgeschichte, gebe es zunehmend Probleme. Sie sagt das mit zwangloser Offenheit, so daß ihre Gefährtin es hört und zustimmend nickt, während auch die Klasse ihr beipflichtet. Sie ist meine offizielle Informantin, halb Gewerkschaftsvertreterin, halb Militärbeauftragte.

»Warum hat sie denn mit Signor Cornali Probleme?« frage ich.

Das Mädchen lächelt boshaft: »Weil er behauptet, er sei taub.«

Die Klasse wird unruhig und äußert so die Zustimmung eines skeptischen Chors.

Das Mädchen fügt hinzu: »Dabei hört er ausgezeichnet. Er macht das bloß, um sie in Schwierigkeiten zu bringen.«

Die Wahrheit liegt wahrscheinlich in der Mitte. Cornali ist vielleicht etwas schwerhörig, und das Mädchen bereitet ihm Probleme, was er mit gleicher Münze heimzahlt.

»Ich werde das nachprüfen«, erkläre ich.

Ich habe es nachgeprüft. Doch Tugend ist die Mitte, sagt Horaz, nicht die Wahrheit. Sonst wäre das Problem auch schon gelöst. Aber die Wahrheit sieht, was die Menschen angeht, immer anders aus.

Cornali hat keine Hörstörungen. Aber er hat ein gestörtes Verhältnis zu den Schülern. Darin dürfte er sich von keinem von uns unterscheiden. Wer könnte das leugnen? Doch, natürlich, manche leugnen es. Die gehören allerdings zu der Sorte euphorischer Schwachköpfe, die im Fernsehen verkünden: »Mir hat das Leben alles gegeben.« Sie wären ja einigermaßen erträglich, wenn sie nicht obendrein so arrogant wären, noch im Epilog Neid auf ein imaginäres Leben hervorrufen zu wollen.

Cornali hat allerdings ein besonders gestörtes Verhältnis zu Menschen, die unter Störungen leiden. Das ist ein Wesenszug, den ich erst später erkenne, als ich die Reaktionen beobachte, die Behinderte bei einer unbeachteten Spezies von Behinderten hervorrufen – bei den Normalen. Hahnemann legte der homöopathischen Medizin im 19. Jahrhundert das Prinzip *Ähnliches wird durch Ähnliches geheilt* zugrunde. Ich konnte in den menschlichen Beziehungen bei den verschiedensten Gelegenheiten, bei erfreulichen ebenso wie bei düsteren, die praktische Anwendung des Prinzips *Schwaches wird durch Schwaches geheilt* beobachten. Bringt man unvermutet ein behindertes Kind in eine Kindergruppe, starren es alle zunächst neugierig, verwundert oder voller Unbehagen an, je nachdem, wie erbarmungslos der Blickwinkel ist. Die einzigen, die eine intensive Aufmerksamkeit, eine zwiespältige Anteilnahme und einen unruhigen Blick beibehalten, sind die Kinder, die in ihm einen Spiegel suchen. Einige, die von der Angst, sich wiederzuerkennen, nicht nur gepackt, sondern überwältigt werden, reagieren sogar mit Flucht oder Aggressivität. Doch zurückzukehren ist ihr beharrliches Schicksal, ihre beruhigende Niederlage. Daß eine Neurose eine andere Neurose anzieht, verstärkt und bedient, ist übrigens auch durch die Dauer zahlreicher Ehen bestätigt worden.

Cornali habe das Mädchen von Anfang an auf dem Kieker gehabt. Er habe so getan, als scheute er keine Mühe, um sie zu verstehen, erzählte mir die Informantin in der Pause unter den raschen, zwinkernden Blicken ihrer vorbeikommenden Gefährten in der Nische des Flurfensters, und er habe sie ausführlich nach den Ursachen ihres Leidens gefragt, womit er es nur verschärft habe. Jedesmal gebe er vor, zuwenig von dem zu verstehen, was sie über den Lehrertisch gebeugt aus nächster Nähe zu ihm sagt. Nein, ins Ohr sprechen lasse er sich nicht, einmal habe er sie sogar heftig zurückgestoßen, als sie näher gekommen war. Sie sei in Tränen ausgebrochen.

Ich erkenne, was ich mir hätte denken können. Jeder Lehrer hat je nach Fach ein anderes Problem mit dem Mädchen. Doch jeder schafft es, das Hindernis zu umgehen. Das dämpft den Stolz auf meine eigene Flexibilität. *Primus inter pares* zu sein hat einen Ehrgeizigen noch nie befriedigt, vor allem dann nicht, wenn die *pares* alle anderen sind. Die einzige Ausnahme ist Cornali, der mich in der Zensurenkonferenz, als wir zum Namen dieses Mädchens kommen, fragt: »Verstehst du denn was, wenn sie spricht?«

»Ja, alles«, antworte ich ruhig.

»Was soll das heißen – alles? Dann bin ich wohl taub!«

»Kann sein«, sage ich und werfe ihm einen raschen Blick zu.

»Hör doch auf!« herrscht er mich an. »Im Ernst! Sag, daß du nur einen Teil verstehst.«

»Fast alles.«

Ich füge die Korrektur *fast* ein, denn sie leistet für die Glaubwürdigkeit des *alles* stets wertvolle Dienste.

Er schüttelt den Kopf.

»Ich gebe ihr kein Ausreichend.«

»Warum nicht?«

»Weil ich sie nicht verstehe«, antwortet er kategorisch. »Ich verstehe nicht, was sie sagt. Offenbar stoße ich da an meine Grenzen.«

»Bestimmt.«

»Schließlich haben wir alle unsere Grenzen. Sie hat ihre, ich habe meine.«

»Kannst du nicht etwas tun, um sie zu überwinden?«

»Das habe ich bereits versucht, glaub mir«, sagt er zerknirscht. »Ich schaff's nicht. Es ist ein Jammer!«

»Was?«

»So behindert zu sein wie sie. Ich weiß nicht, wie ich es nennen soll: Atonie, Aphasie, Schüchternheit, Gefühlsblockade.«

»Weißt du, was wirklich ein Jammer ist?« erwidere ich und starre unverwandt geradeaus auf das vergitterte Fenster. »So einen Schädel zu haben wie du.«

Er antwortet nicht. Ich spüre zu meiner Linken, wie er tief durchatmet. Endlich sagt er (und es ist nicht erkennbar, ob fragend oder drohend): »Du machst doch wohl Witze, oder?«

»Nein, ich mache keine Witze«, erwidere ich ernst. »Ich übertreibe vielleicht.«

Um einen Wutausbruch zu verhindern, ist es ratsam, Gelassenheit zu demonstrieren.

»Die eigentliche Tragödie ist der Kopf«, sage ich dann. »Das hat schon Jesus gesagt: Schlimm ist, was aus dem Mund herauskommt, nicht, was hineingeht.«

»Laß Jesus aus dem Spiel!« zischt er. »Ich ertrage es nicht, wenn du so mit mir redest!«

Die Zahl der Dinge, die der Mensch erträgt, während er abstreitet, sie ertragen zu können, ist immens. Das kümmert mich also nicht. Ich bin doppelt so groß und schwer wie er. Ich spüre das Blut in meinen Schläfen klopfen und meinen trockenen Mund. In Gedanken weiche ich ein wenig zurück.

»Ich will dich nicht vor den Kopf stoßen«, sage ich mit gesenkter Stimme wie im Vertrauen zu ihm. »Nur daß ja wohl ich der altmodische Lehrer bin. Das hältst du mir doch ständig vor. Aber was bist dann du?«

Es ist immer günstig, den Angegriffenen zu spielen, wenn man selbst angreift.

Er akzeptiert die Entschuldigung, die ich ihm biete, und mäßigt seinen Ton.

»Ich sage dir, du bist zu anspruchsvoll.«

»Na und du? Was erwartest du denn von einem behinderten Mädchen?«

Es ist vielleicht das erstemal, daß ich dieses Adjektiv verwende, das mein künftiges Leben bestimmen wird. Ich fürchte, ich habe es mit der rhetorischen Entrüstung ausgesprochen, wie sie denen eigen ist, die mit solchen Dingen nichts zu tun haben (Politiker und Literaten machen davon ausgiebigen Gebrauch). Doch er reagiert mit brutaler Kälte: »Von wegen behindert! Sie ist unreif! Ihr Verhalten beweist es! Wir dürfen niemanden ermutigen, Fehler zu haben, wir müssen darauf hinarbeiten, daß er sie überwindet!«

Der Direktor schaut über den Brillenrand zu uns herüber. Er ist ein geduldiger, friedlicher Mann, Zanella-Spezialist und sechs Monate vor dem Ruhestand. Dreiundvierzig Jahre im Schuldienst haben ihn gelehrt, daß in dem Wortpaar *Disziplin und Respekt* ein Wort zuviel ist, und zwar das Wort *Disziplin*. *Respekt* allein würde schon genügen.

»Entschuldigen Sie uns bitte«, sage ich auch in Cornalis Namen.

Er nickt und schiebt die Brille auf seiner Nase wieder hoch.

Ich merke, daß dieses *uns* ein schmerzstillendes Pronomen für Cornali ist. Dieses Akkusativobjekt hat uns vereint, wenn auch nur in der Grammatik. Doch die Grammatik beeinflußt das, was dunkel im Unbewußten bleibt, mehr als wir denken.

Mit kaum hörbarer Stimme flüstere ich ihm, nicht viel anders als das Mädchen, zu: »Es tut mir leid, daß ich in diesem Ton mit dir gesprochen habe.«

Er nickt, vielleicht, weil er nichts erwidern will, vielleicht, weil er den Direktor nicht stören will.

Ich füge hinzu: »Entschuldige.«

Nachdenklich preßt er die Lippen zusammen. Ich bilde mir ein, er fühlt sich entschädigt und vor allem von der problematischen Fortsetzung der Feindseligkeiten entbunden.

Ich mache einen Fehler: »Welche Note gibst du ihr?«

»Eine Sechs«, antwortet er.

Der Kampf um die Rettung des Mädchens zog sich monatelang hin und kam für mich einem historischen Ereignis gleich. Er gehörte zu einem größeren Feldzug, den Cornali gegen meine Unterrichtsmethoden führte.

Cornali verstand sich als Herold einer neuen Pädagogik. Ausgerechnet er, der einen bereits vom Schicksal gedemütigten Menschen noch weiter demütigte, indem er Schwerhörigkeit vortäuschte, verkündete, er setze sich für die Befreiung der Schüler ein. Er hatte, nicht ohne den stillschweigenden Widerstand der sensibelsten von ihnen, vorgeschlagen und erreicht, daß man sein Du erwiderte. Übrigens glauben viele, daß Gleichheit auch mit der Grammatik der Pronomen zu tun hat. Damit haben sie nicht ganz unrecht. Doch häufig möchten sie sich auch der Grammatik entledigen.

Angesichts eines Altersunterschieds von dreißig Jahren brachte Cornali die Schüler in Verlegenheit, als er sie aufforderte, ihn als Gleichaltrigen zu betrachten. Er wirkte wie die Eltern, die sich zu Freunden ihrer Kinder erklären und sich einbilden, nicht nur an ihren Spielen, sondern auch an ihrer Jugend teilhaben zu können.

Der nächste Schritt war, die Note des Lehrers durch die des Schülers zu ersetzen. Ein Experiment, von dem ich in meinem zweiten Unterrichtsjahr wieder Abstand nahm, nachdem ich seine Gefahren erkannt hatte. Die verantwortungsbewußteren, stolzeren Schüler, die zu erbarmungsloser Selbstkasteiung neigten, gaben sich die schlechteste Note, die pfiffigeren und fröhlicheren Naturen die beste. Und alle waren wir unzufrieden, die Klasse ebenso wie ich. Cornali dagegen übersprang die Probe aufs Exempel – eine Phase, die Ideologen niemals nötig haben – und ging direkt zu dessen Korrektur über. Er korrigierte sämtliche Zensuren nach oben und beschenkte damit alle: sowohl die Besten, die von ihrer kargen, strafenden Vier auf eine begeisterte Zwei kamen, als auch die weniger Guten, die eine großzügige Bewertung erhielten. Seine Klasse, die aus erwachenden Genies und schlummernden Talenten bestand, wurde von einer Welle der Euphorie emporgehoben und beinahe auch fortgerissen. Das erfuhr ich von ihm persönlich, als er Vergleiche mit meiner Klasse anstellte.

»Sieh mal«, sagte er mit der gelassenen, gedankenvollen Miene des hinterhältigen Aggressors, »du siezt die Schüler, und das verstehe ich, denn du bist viel jünger als ich und brauchst eine Distanz, die du mit Autorität verwechselst. Doch ich in meinem Alter kann mir das Du leisten, weil ich keine Autorität vortäuschen muß. Ich besitze sie und kann darauf verzichten.«

Er war einer von diesen ständig aufbrausenden Hitzköpfen, bei denen die Gedanken überschäumen und, von einer verantwortungslosen Küche zusammengebraut, durcheinandergeraten. Die einzelnen Zutaten sind akzeptabel, ihr Geschmack ist angenehm, doch das Ganze zusammen ist ungenießbar.

»Ich weiß, daß du großen Wert auf Disziplin legst«, fügte er hinzu. »Auch das ist ein Zeichen deiner vorzeitigen Vergreisung. Disziplin ist ein autoritäres Erbe.«

»Nein«, widersprach ich. »Es ist umgekehrt. Autoritär ist das Chaos in deiner Klasse, wo der mit der lautesten Stimme den Ton angibt. Ich verlange, daß die anderen zuhören können, wenn ich etwas erkläre oder jemand eine Frage stellt. Sonst können sie meinetwegen bleiben, wo der Pfeffer wächst.«

»Siehst du, was für ein altmodischer Lehrer du bist?« trumpfte er auf, als hätte er einen Verbrecher gestellt. »Du forderst Ruhe.«

»Allerdings!« antwortete ich. »Wie ein Pianist. Für mich, damit ich spielen kann, und für die anderen, damit sie etwas hören können.«

»Was mich wundert«, sagte er nachdenklich, »ist die Tatsache, daß die Schüler dich respektieren. Dabei bist du doch viel zu streng.«

Er sah mich in der schillernden Konfusion seiner Ideen mit ehrlichem Erstaunen an. Er konnte sich tatsächlich nicht vorstellen, daß die Schüler gerade deswegen auf mich hörten. Auch der Zerfall der Klassen, in denen es keine Disziplin mehr gab und wo der Direktor die Verstöße gegen sie nicht mehr ahndete, machte ihn nicht weiter stutzig.

»Ja eben!« rief er aus. »Noch ein Beweis mehr! Autorität, die anerkannte Überlegenheit, von der Horkheimer spricht, braucht keine Bemäntelungen!«

(Und was soll der tun, überlegte ich, der keine Autorität besitzt?)

Seine abartige Logik und seine fragmentarischen Überlegungen, die er für allumfassend ausgab, produzierten neue Mißverständnisse. Daß ich mir ohne Drohungen und Strafen Gehör verschaffte, ermunterte ihn, beides im Namen einer unsinnigen Gleichmacherei allen Lehrern zu verbieten. So kam er schließlich dahin, Disziplinlosigkeit zu rechtfertigen und gegen Kollegen zu wettern, die sie nicht unterbinden konnten.

»Ein Grund mehr, sie zu unterstützen«, widersprach ich. »Müssen wir sie denn der Willkür der Klasse preisgeben, wenn sie sich nicht durchsetzen können?«

»Ihr Pech«, sagte er mit einem grausamen Glitzern in den Augen.

»Und ihr Fach?« fragte ich. »Wer soll das unterrichten?«

»Niemand«, antwortete er unerschrocken.

Und so geschah es auch. Es ging nicht um seine Zukunft. Das ist die zynische Wahrheit, die mir im Lauf der Jahre bewußt wurde. Obgleich *zynisch* ein Adjektiv ist, das oftmals nicht dem zugedacht wird, der eine entsprechende Haltung verkörpert, sondern dem, der sie benennt.

Ganze Klassen schwänzten körperlich oder geistig ganze Unterrichtsstunden. Ging man den Flur entlang, hörte man Lehrerinnen schreien, die nicht Ruhe erflehen, sondern das Gebrüll übertönen wollten. Manchmal gelang es ihnen unversehens, Ordnung herzustellen, wenn sich die Schüler durch diese teils verbitterten, teils schrillen Appelle aufrütteln ließen.

Cornali ergriff nicht nur Partei für die Schüler, er stellte sich auch vehement gegen diese Kolleginnen. Sein willkürliches Herbeiziehen falscher Zusammenhänge brachte ihn faktisch dazu, die wichtigsten und plausibelsten Argumente jener rebellierenden Generation außer acht zu lassen – auch wenn das Echo dieser Rebellion unsere Schule nur schwach und gedämpft erreichte. Meine einerseits zustimmende, andererseits ablehnende Haltung war für ihn eher eine kluge Taktik als eine problematische Entscheidung. Einmal bezichtigte er mich sogar der Intelligenz. Ein andermal warf er mir analytische Fähigkeiten vor – die typische Reaktion dessen, der auch über synthetische Fähigkeiten nicht verfügt. Sein nachhaltigster Beitrag zur Erneuerung der Schule war der Abbau der Disziplin. Ich weiß nicht, wie es heute aussieht, ich bin vor zu langer Zeit aus dem Bildungswesen ausgeschieden. Ich fürchte, in dieser Hinsicht ist es noch schlimmer geworden, denn damals war Disziplinlosigkeit revolutionär, heute ist sie institutionell. Die fähigsten Lehrer neutralisieren sie, indem sie ihre didaktische Leidenschaft vergeuden. Sie sind keineswegs in der Mehrheit. Die anderen, vom Festland auf hohe See verschlagen, benehmen sich, wie es im Falle eines Schiffbruchs unabdingbar ist: Sie verringern die Last. Sie verlangen immer weniger und erreichen so immer mehr – zumindest auf dem Papier der Bürokratie, die das Heiligtum der neuen Schule geworden ist. Man braucht nur den Bewertungsmaßstab zu senken, um die Fortschritte einer Klasse zu erhöhen, ein fauler Kompromiß, der von der Unterwürfigkeit der Lehrkräfte oft ebenso verschwiegen wie von der Unerfahrenheit der Schüler übersehen wird. Das jedenfalls gesteht mir der eine oder andere aufrichtige Lehrer, ohne daß er zu dem gehörte, was man als schlechten Umgang bezeichnet.

Cornali, der die Abschaffung der Betragensnote befürwortete (eine Forderung, die die Zukunft überflüssig machte), hatte eine Neuerung in seinem Unterricht eingeführt: die rückläufige Betrachtung der Kunstgeschichte vom 20. Jahrhundert bis in die Steinzeit. Was wohl so ist, als legte man jemandem nahe, rückwärts zu gehen, damit sich der Weg besser bewältigen ließe. Von der Neuheit des Angebots angezogen, hatten die Schüler zunächst neugierig mitgemacht. Dann merkten sie, daß es langsamer voranging und daß ständig Pausen und Erkundungen in beiden Richtungen nötig waren, damit sie nicht ins Stolpern gerieten. Doch inzwischen war es zu spät, um zum Alten zurückzukehren.

»Ich möchte ja keine Vergleiche anstellen« sagte er wie einer, der sich anschickt, genau das zu tun. »Aber deine Klasse gehorcht dir nur, während meine mir zuhört. Du erntest Unterordnung, ich Sympathie. Bei mir fühlen sie sich wie Genies, bei dir wie Arbeiter.«

Ich hörte ihm amüsiert zu. Im Geysir seiner Ideen gab es eine natürliche Hitze, die die sympathischste Seite seines Charakters darstellte. Er hielt sich, was er immer wieder gern betonte, für einen kreativen Menschen, eine Gabe, die ihn ermächtigte, die unwahrscheinlichsten Theorien aufzustellen und sie mit einer Handbewegung wieder wegzuwischen wie die fixen Ideen eines weltläufigen Geistes, der Ausgang hat. Ein Zitat aus den Weden, ein Satz von Lao-tse, ein Spruch von Konfuzius gaben seinen Worten den wiegenden Rhythmus eines orientalischen Tanzes, zumindest war das seine Absicht. Man erhielt tatsächlich den Eindruck von Leichtigkeit, vorausgesetzt, man hielt sich nicht zu lange bei dem auf, was er sagte. Wie viele der sogenannten Kreativen interessierte ihn das Schöpfertum selbst mehr als sein Gegenstand. Nur daß er am Ende Beifall für letzteren begehrte (und daran fehlte es auch nicht). In seiner Einzigartigkeit war er ein Serienprodukt, wie es für unsere Gesellschaft typisch ist, doch das wußte er nicht. Wahrscheinlich hätte er es verabscheut, sich in seinesgleichen zu spiegeln, eine Prüfung, die das Leben ihm ersparte.

»Es braucht neun Monate, um ein Kind zu machen«, antwortete ich ihm mit enttäuschender Monotonie. »Und neun Monate dauert das Schuljahr. Dann werden wir ja sehen, wer recht hat.«

»Und woran willst du das messen?«

»An der Reaktion der Klasse. Das ist der beste Beweis.«

Vor der Zensurenkonferenz landete der Maestro schließlich seinen *coup de théâtre*. Er hatte jedem Schüler seine künftige Note mitgeteilt und zugleich die Bewertungsskala offengelegt. Den Besten hatte er die schlechtesten Zensuren vorbehalten (weil sie ihre Fähigkeiten nicht bis zum Äußersten ausgeschöpft hatten), und den Schwächsten hatte er die höchsten Noten gegeben (um ihre Anstrengungen zu belohnen).

Die Klasse reagierte, wie jeder mit Ausnahme des Propheten es voraussehen konnte: mit betroffenem Schweigen. Eine Gefühlskatastrophe. Erschüttert, fassungslos und mit hängendem Kopf kamen die Schüler, die von meinen Konflikten mit Cornali wußten, zu mir, um sich Beistand zu holen. Die Besten hatten keine Ahnung, wie sie aus der Ungerechtigkeit einer Bewertung herauskommen sollten, die unter der der Schlechtesten lag. Mit seiner verdorbenen Phantasie, wie man sie bei Ideologen häufig antrifft, hatte Cornali angenommen, sie machten sich überhaupt nichts aus Zensuren. Heute einen jungen Menschen zu finden, der sich nichts aus Zensuren macht, ist ebenso selten, wie einen zu finden, der sich nichts aus Geld macht. Von den Schwächsten hatte Cornali erwartet, daß sie wegen des ersehnten Qualitätssprungs vor Freude jubeln würden. Doch sie wären mit einer Vier zufrieden gewesen, während die Zwei sie beschämte, da sie sie mit Versagern gleichstellte, die ohne Hoffnung und ohne Maß mit Lob überschüttet wurden. Am enttäuschtesten war jedoch Cornali selbst, verblüfft darüber, daß die neue Generation keinen Menschentyp hervorbrachte, der sich genetisch von seiner eigenen unterschied.

Sein Geschichtsbild veranlaßte ihn, sich den neuen Menschen als eines dieser außerirdischen Monster mit riesigem Schädel und Spinnenbeinchen vorzustellen. Der Kopf sollte die Erfahrung von Jahrtausenden anhäufen, während der Körper die Zerbrechlichkeit eines Kindes besaß. Die Entdeckung, daß sie statt dessen wieder von vorn begannen, ließ ihn die Welt im Licht des Sonnenuntergangs sehen, die andere im Licht der Morgenröte sahen.

Die verwirrendste Seite seines Benehmens am Ende dieses turbulenten Jahres war seine Verbissenheit dem Mädchen gegenüber. Die Energie, mit der er die Rechte der Behinderten in Schutz nahm, war genauso groß wie die Hartnäckigkeit, mit der er das Mädchen quälte. Für ihn war das allerdings kein Widerspruch. Er war davon überzeugt, daß sie nicht behindert war. Es widerstrebte ihm, geistige Störungen für möglich zu halten, vielleicht, weil er sich durch sie bedroht fühlte. Er neigte dazu, die Unfähigkeit, sie mit dem Verstand zu besiegen, einem trägen Willen, einer angeborenen Faulheit und einer versteckten Feigheit anzulasten. Er litt unter einer zweifachen Verzerrung seines Blickwinkels, denn er hielt die Symptome für freiwillige Entscheidungen und meinte zudem, eine begründete Bestrafung könnte sie für immer ausmerzen.

Da ich im Schulbetrieb oft mit ihm zu tun hatte, beschäftigte mich das Problem der Widersprüche auch weiterhin. Und ich gelangte zu dem Schluß, daß es zumindest im Menschen keine Widersprüche gibt. Sie existieren auf verbaler Ebene, auf der logisch-mathematischen Ebene. Und es ist unbestreitbar, daß der Mensch imstande ist, das eine zu sagen und das andere zu tun, doch in seinem Kopf gibt es keinen Widerspruch. Zwar können sich die sanftmütigsten Naturen und die grausamsten Verbrecher auf den Satz vom Widerspruch berufen, um ihre Fehler zu rechtfertigen, doch wird man ihr Verhalten letztlich nur verstehen, wenn man auf diesen Satz verzichtet und nach einem unbegreiflichen Zusammenhang sucht, nach einem unbekannten Zweck, nach einem unüberwindlichen Zwang. Dann wird die Tat nicht widersprüchlich, sondern notwendig erscheinen und der darauf angewandte Satz vom Widerspruch sinnlos.

Ich spreche hier nicht von Descartes' Vernunft. Und auch nicht von der Region, in der sich Traumreisende verlieren und wiederfinden. Es geht mir vielmehr um das Individuum, also um den rätselhaftesten, dunkelsten Kern, und um die wache Seite seiner Worte.

Das Mädchen hatte erkannt, daß Cornali, der sie beschuldigte und die Behinderten in Schutz nahm, kein Opfer dieser Widersprüche war, sondern sie einem unbezwingbaren Willen unterwarf. Um zu diesem Resultat zu gelangen, setzte er die anrüchigste und wirksamste Waffe ein – den Verstand. Schließlich erreichte er, daß sie ihm die Antworten verweigerte und sich in ein sträfliches, auswegloses Schweigen hüllte. Das erzählte er mir mit triumphierender Miene, als wäre ihre Unreife damit endgültig bewiesen. Es ist kurios, daß gerade unreife Menschen den Begriff *Reife* so oft im Munde führen. Doch auch das ist nur ein scheinbarer Widerspruch. Während sie die Unreife der anderen anprangern, verteidigen sie im Grunde nur die eigene.

Im letzten Monat verzichtete das Mädchen darauf, den von Cornali gelehrten Stoff zu lernen. Sie folgte seinem Unterricht jedoch mit einem stillen, polemischen Interesse, auch weil er zu den wenigen gehörte, die ihn gut vermitteln konnten. Ich möchte dem, was ich anfangs sagte, nicht widersprechen – ein fatales Verb! –, doch Cornali war ein Geist, der von klugen Erleuchtungen nicht seltener heimgesucht wurde als von dummen. Für die Akzeptanz der Behinderten, die damals noch kurzerhand von der Schule gewiesen wurden, engagierte er sich beharrlich. Damals setzte man sich erstmals, wenn auch mit einer Mischung aus Übergriffen und Nötigungen, gründlich mit dem Kerngedanken der Integration auseinander. Das darf man in einer Zeit, die fortwährende Bilanzen zum Anlaß für neue Ungerechtigkeiten und Diskriminierungen nimmt, nicht vergessen.

Bei der abschließenden Zensurenkonferenz gibt Cornali, als wir zum Namen des Mädchens kommen, keine

Beurteilung ab. Jeder von uns unterstützt sie mit seiner Fürsprache, er schweigt. Der Direktor, der mit dem »Sie« für jeden Lehrer die letzten Reste von Autorität zu retten versucht, wendet sich geduldig an ihn: »Sagen Sie uns doch wenigstens Ihre Zensur.«

»Versetzt«, antwortet Cornali.

Die Fotografie

»Bleib so!« fordere ich ihn auf, als er sich umdreht, mit ausgestreckten Armen an die Stange des Sonnenschirms geklammert und die Füße im Sand vergraben, so daß sein schräger Körper eine Hypotenuse bildet. Doch schon verzieht er den Mund, ist das Lächeln zur Grimasse erstarrt. Er fällt mit geöffneten Händen nach hinten, während ich im falschen Moment den Auslöser drücke.

»Wir fangen noch mal an«, sage ich.

Ich drehe ihn auf den Bauch und streue ihm Sand auf den Rücken, bis er ganz damit bedeckt ist, wie unsere Strandnachbarin, eine vom Alter und von den ultravioletten Strahlen runzlig gewordene achtzigjährige Frau. Sie ist der Überzeugung, Sonne sei die Quelle der Gesundheit, und je mehr davon in ihr welkes Fleisch dringe, um so näher komme sie der Unsterblichkeit. Sie wird ein Jahr später sterben, wie ein im Backofen verglühter Skolopender.

»Stütz dein Gesicht in die Hände«, sage ich zu ihm.

Er tut es, doch die Ellbogen rutschen weg, und sein Kinn versinkt im Sand.

Ich helfe ihm, wieder die gleiche Position einzunehmen. Doch als ich durch die Kamera schaue, liegt er schon wieder lang da.

»In dieser Stellung wirst du ihn nie fotografieren können«, sagt Franca zu mir, während sie ihm unter die Achseln greift, ihn aufrichtet und ihm den Sand abklopft. »Wir könnten das auch nicht so einfach.«

Das ist ein Satz, wie ihn jemand, der Behinderte betreut, ständig gebraucht. Das *Wir* als ewiger Terminus des Vergleichs, als Symbol einer höhergestellten Normalität, als ebenso unerreichbares wie gewöhnliches Ziel.

Sie läßt nicht locker: »Wozu willst du ihn in dieser Pose fotografieren?«

Das weiß ich selbst nicht, ich hatte einen Engel im Kopf, der sich mit den Ellbogen auf den Rahmen eines Renaissancegemäldes stützt. Wie kommt es nur, daß ich mich an derart weit hergeholten, absurden Bildern orientiere?

Ich fordere ihn auf, sich in den Sand zu hocken, und hebe rings um ihn her eine Grube aus. Er fällt nach vorn und macht sich das Gesicht schmutzig. Er weint nicht, weil er weiß, daß ich der Verantwortliche für seine Unannehmlichkeiten bin, und wirft mir einen teils vorwurfsvollen, teils beschützenden Blick zu. Manchmal hat er mir gegenüber etwas Väterliches, ein Wesenszug, der mich anrührt.

Ich mache ihn hastig sauber und setze ihn im Schneidersitz hin, wie einen kleinen Buddha.

»Ja, bleib so, beweg dich nicht!«

Ich wiederhole einen typischen Satz meines Vaters, den er immer sagte, wenn er mich auf den Wiesen von Caglio fotografierte. Er gehörte vor dem Krieg zu den wenigen am Ferienort, die die legendäre deutsche Zeiss-Kamera besaßen.

Der kleine Buddha schwankt und stürzt vornüber. Ich drücke den Auslöser, als er mit seinem verschüchterten Gesicht zu mir aufsieht. Auf dem Foto hat es einen ernsten Ausdruck bekommen, besorgt und normal.

»Das nehmen wir!« sagt Franca, die mit dem Finger darauf zeigt und es in den Glasrahmen mitten auf dem Flur steckt.

Der Bruder

Die Familie schützt sich vor Feinden. Mehr noch, sie fördert die Wahrnehmung von Gefahr (wie Rom die Angst schürte, sagt Sallust, um seine innere Stabilität wiederzuerlangen). Doch dann entdeckt sie den Feind im eigenen Haus. Paolo hat einen Feind. Seinen Bruder.

Alfredo ist drei Jahre älter. Auch er hat jetzt einen Feind im Haus. Früher war er der eingeborene Sohn, er mußte seine Eltern nicht mit einem Rivalen teilen, sein war das Reich.

Wodurch verrät man sich? Durch das Lachen. Das Lachen verrät die Menschen, nicht das Weinen. Es gibt viele Tiere, die weinen, aber lachen konnten, soweit ich weiß, nur die Menschenaffen. Dann kommen die Menschen.

Alfredo lacht aus Gründen, die häufig unverständlich sind. Wenn sein Bruder sich im Flur von der Wand abstößt, um mit drei Schritten auf die andere Seite zu kommen, hockt er auf der Schwelle seines Zimmers, beobachtet ihn von weitem und lacht. Wenn Paolo mühselig weinte, mit einem erstickten, kläglichen Schluchzen, das ihm und uns den Atem nahm (es ist beklemmend, wenn ein Mensch nicht weinen kann), bekam Alfredo einen Lachkrampf.

»Nervöses Lachen«, sagte Franca, womit sie eine Formulierung auffrischte, die sie wahrscheinlich aus ihrer Kindheit kannte. Denn früher waren die Nerven das, was heute das Unbewußte ist. »Nervöse Erschöpfung«, hieß es von jemandem, den eine Neurose zerrüttet hatte, »Nervenzusammenbruch«, wenn er unter den Attacken des inneren Feindes zu Boden gegangen war. Wenn er jedoch jähzornig aufbrauste, hieß es, er sei »verrückt«.

Ich habe begonnen, Alfredos Lachen zu mißtrauen.

Er lachte, wenn sein Bruder stolperte. »Dämliches Lachen«, lautete Francas variierter Kommentar. Doch angesichts meines Argwohns fügte sie hinzu, daß wir alle lachen, wenn jemand hinfällt.

»Im Kino vielleicht«, erwiderte ich.

»Nein, im wirklichen Leben. Wir sind alle Sadisten.«

Diese Schlußfolgerung, so allumfassend und gewinnend vorgetragen, schaffte es, mich zu irritieren. Doch bei der nächsten Gelegenheit, als Alfredo lachte, weil sein Bruder die Treppe hinuntergefallen war, fragte ich sie: »Warum lachst du nicht?« Das brachte sie aus der Fassung. Zu Alfredos Verteidigung verschanzte sie sich hinter einer Entschuldigung, die wir stets für junge Menschen haben, wenn sie uns verletzen, und die da lautet: Sie sind jung.

Doch mir ging die Sache nicht aus dem Kopf. Ein Mensch kann eine kleine Katastrophe ignorieren. Er kann gleichgültig bleiben. Aber lachen? Ist das wirklich ein nervöses Lachen? Ein dämliches Lachen? Nein, ein glückliches Lachen. Wir lachen im Kino, wenn der Arrogante ausrutscht, der Tyrann zusammenbricht, der Fiesling unterliegt. Das war der Schlüssel zu allem: Der Feind geht zu Boden.

Alfredos Feind war sein Bruder, und wenn er ihn in Schwierigkeiten sah, schöpfte er daraus einen ebenso flüchtigen wie unergiebigen Trost. Er lachte öfter als früher und bekundete damit eine unheilvolle Euphorie, eine bittere Fröhlichkeit. Paolo kämpfte verbissen in einem damals noch hoffnungslosen Unterfangen: Er wollte sich den Schuh zubinden. Er schafft das erst seit zwei Jahren, und es ist eine der unabdingbaren Errungenschaften, ohne die von Selbständigkeit keine Rede sein kann, zumindest wenn man den Lehrbüchern der Rehabilitation Glauben schenkt (ich weiß nicht, ob ich angesichts dieses Ziels, das für unseren Stolz jedenfalls sehr wichtig ist, beruhigt oder bestürzt sein soll). Hinderlich war für Paolo nicht nur die Unbeholfenheit seiner Hände, sondern auch das Gewicht seines Körpers, der irgendwann das Gleichgewicht verlor und ihn vornüberfallen ließ. Alfredo sah diesen vergeblichen Versuchen fasziniert zu, so daß ihn seine Mutter, als sie einmal ins Zimmer kam, anfuhr: »Kannst du ihm nicht zur Hand gehen? Er ist doch dein Bruder!« »Eben! Da soll ich ihm helfen? Er muß es allein lernen!« Es gibt unendlich viele Argumente, mit denen andere uns ihre Hilfe versagen, doch das durchtriebenste von allen ist, uns damit doch nur helfen zu wollen. »Mach schon!« herrschte Franca ihn an und gab ihm einen Schubs mit dem Arm, so daß nun auch er hinfiel.

Mich überraschte nicht, daß Haß entstanden war, sondern daß er dauerhaft blieb. Eines Tages erzählte ich einer Freundin davon, die Fachärztin für Psychiatrie ist, und sie lächelte erfreut, als hätte sie einen alten Bekannten getroffen. Durch wer weiß welche Gedankenverbindung fiel mir ein Naturfreund wieder ein, den ich im Club Méditerranée kennengelernt hatte und dem angesichts eines Hirschkäfers, den er fest zwischen den Fingern hielt, fast die wissenschaftlichen Sinne schwanden, während er flüsterte: *»Lucanus cervus.«* Auch sie war interessiert hochgeschreckt. »Das findet man oft«, seufzte sie.

(Es tröstet uns immer, wenn wir das Absurde normal finden können. Dadurch wird es für uns erträglich.)

»Pure Eifersucht auf den kleinen Bruder, der von den Eltern verhätschelt wird und im Mittelpunkt der Aufmerksamkeit steht«, erklärte sie. »Ja, aber doch nur wegen seiner Probleme.« »Was macht das für einen Unterschied?« erwiderte sie. »Er mußte aufhören, die Sonne zu sein, und wurde zum Satelliten. Das wird er ihm nie verzeihen können. Das sind Wunden, die nicht heilen.«

Ich habe nie verstanden, warum die Wunden im Unbewußten nicht heilen. Fast alle Wunden schließen sich, doch im Unbewußten bluten sie das ganze Leben weiter. Vielleicht gerade, weil sie unbewußt sind, das heißt, alle kennen sie, nur der Betroffene nicht. Alfredo war sich, zumindest dem Anschein nach, nicht bewußt, daß er Paolo haßte. Einmal beschrieb ich ihm geduldig den Zustand seines Bruders und verglich ihn mit seinem. »Na und?« fragte er mich. »Na, du mußt ihm helfen.« »Wieso? Tue ich das denn nicht?« »Nein, du tust genau das Gegenteil.« Nie werde ich sein Weinen vergessen, das zunächst kläglich war, dann immer lauter. Erst als ich ihn schüttelte, konnte ich ihn beruhigen. »Sei doch vernünftig!« schrie ich ihm ins Gesicht. »Das ist das letzte, was du ihm hättest sagen dürfen«, tröstete mich meine Freundin. »Nur Liebe kann Wunden erträglicher machen. Du solltest ihn mehr denn je lieben.«

Aber ich liebte ihn immer weniger. Das war es, was mich beunruhigte. Man kann alles befehlen, aber Empfindungen nicht. Trotzdem schreiben dir andere genau diese immer wieder vor. Sie entwickeln logische Systeme, postulieren mathematische Verhaltensmuster und ziehen unvermeidliche Schlüsse. Wenn du liebst, mußt du so und so reagieren. Doch ich empfinde anders. Franca wundert sich immer weniger darüber, die andere macht mir Vorwürfe. Wie oft wohl habe ich die Reaktionen geheuchelt, die sie erwarteten? Gewiß, ich habe geheuchelt, aber sind wir denn überhaupt sicher, daß ihre Theorien endgültig waren? Und daß die Reaktionen, die ich vortäuschte, die einzig »richtigen« waren? Das Leben weiß mehr darüber als alle Theorie. Ich jedenfalls empfand sie als ungerecht, zumindest was mich betrifft, und vielleicht heißt reifer werden, die Ungerechtigkeit der eigenen Reaktionen anzuerkennen. Vielleicht heißt reifer werden, die Gerechtigkeit der Konventionen durch die Ungerechtigkeit der Freiheit zu ersetzen. Auch wenn das, wie ich sehr wohl weiß, das Vorwort zu einem Handbuch des Verbrechens sein könnte.

Alfredo, der meine Erwartungen enttäuschte, hätte die gleichen Argumente ins Feld führen können. War es denn seine Schuld, wenn er seinen Bruder nicht leiden konnte? Und enttäuschte ich vielleicht seine Hoffnungen auf Verständnis oder gar auf Solidarität nicht ebenso? Die Beweggründe der Schwachen beeindrucken uns nur, wenn sie auch unsere werden.

Alfredo war plötzlich entthront und konnte sich nicht damit abfinden. Außerdem empfand er keinerlei Sympathie für seinen Bruder. Die Zerbrechlichkeit, die ihn hätte anrühren müssen – schon wieder das Wort »müssen«! –, vergrößerte den Abstand zwischen ihnen nur. Die Krankheit stieß ihn ab, Mißtrauen verwandelte sich in Ablehnung. Ich verstand, was er fühlte, weil ich manchmal selbst so empfand.

Das ließ ihn mir fremd erscheinen. Es widerstrebt uns, die Fehler zu akzeptieren, die wir zu haben fürchten und die bei anderen stark vergrößert erscheinen. Dieser Größenunterschied paart sich mit Gewissensbissen und macht sie unerträglich. Ich sah, wie sich Alfredos Gesicht verächtlich verzog, kaum daß Paolo den Gummiball gegen die Brust bekam und versuchte, ihn festzuhalten, als es schon nicht mehr ging, da der Ball bereits auf den Boden sprang. Als sich das wiederholte, lachte Alfredo. Das ist der Unterschied zwischen mir und ihm. Ich war gereizt, er war zufrieden (es fehlt uns nie an Vergleichen zu unseren Gunsten). Doch Paolo hielt es manchmal zwischen uns nicht aus und begann zu weinen, mit den Händen an den Fußboden geklammert, als könnte auch der ihm entgleiten.

»Mann gegen Mann«

Der Direktor der Grundschule ist ein Behinderter. Er hinkt. Bei jedem Schritt knickt er ein wenig mit dem Knie ein, während er das linke Bein zur Seite wegstreckt. Wenn er sitzt, stützt er sein Kinn oft auf einen Stock, den er wie eine Keule vor sich aufpflanzt.

Mir fällt jetzt, da ich ihn nach so langer Zeit beschreibe, auf, daß ich nie den Grund für seine Behinderung wußte und auch nicht wissen wollte. Er konnte ebenso ein Kriegsversehrter wie ein Opfer der Kinderlähmung sein. Dieses Desinteresse, das in einem Fall wie meinem noch bezeichnender ist, sagt mir einiges über den Abstand, der uns von Behinderten trennt.

Sein Leiden überspielte er jedenfalls mit einer beeindruckenden Energie. Mit Wucht stand er vom Schreibtisch auf, wobei sein steifes Bein eine kreisförmige Bewegung beschrieb. Und wenn er auf dem Flur aufkreuzte, lang und klapperdürr, auf den Stock gestützt, mit struppigem Bart und ruckartigem Gang, wichen Lehrer und Schüler bis an die Wände zurück. Wer seine Ankunft zu spät bemerkte, entzog sich seiner Nähe mit einem raschen Hüpfer. Und er, der diese hektische Atmosphäre um sich her bemerkte, ließ es sich nicht nehmen, sie noch zu verstärken, indem er den Stock hob, um auf einen Punkt oder einen Menschen zu zeigen und einen Wink in eine Drohung zu verwandeln.

Ich wußte, daß er in der Schule als aufdringlicher Schürzenjäger gefürchtet war. Die Lehrerinnen mußten sich gegen seine vulgäre Lüsternheit zur Wehr setzen. Von den älteren verlangte er eine spontane sexuelle Solidarität, eine kurzfristige, sofortige Gefälligkeit. Die jüngeren belästigte er vorsichtiger, doch nicht weniger beharrlich. Als er einmal zum Schulrat bestellt wurde, nachdem eine ihm unterstellte Lehrerin ihn angezeigt hatte, gelang es ihm, die Beschuldigung in den ungeschickten Versuch einer Verführung umzukehren. Heute, will ich hoffen, ist das wohl nicht mehr möglich. Doch damals hatte man, wie sein Opfer es formulierte, die Hoffnung aufgegeben, ihn auf seine Schuld festzunageln. Auch fehlte es unter dem sogenannten nichtunterrichtenden Personal nicht an Frauen, die intime Beziehungen zu ihm gehabt hatten, ein Ausdruck, der in seinem Fall an etwas Anrüchiges, Schmutziges denken ließ.

Dieser grobe, geschwätzige Lüstling vom Lande, der in die Großstadt abgewandert war, jagte nach ebenso blitzartigen wie flüchtigen Erfolgen, nach Genüssen, die durch Überrumpelung und Einschüchterung erpreßt waren, und nach schlüpfrigen Verbindungen mit Frauen, die eine uneingestandene Verzweiflung ermüdet hatte. Mich erinnerte er an die Plünderer, die in Trümmern wühlen, an die Aasgeier der Erdbeben, die früher auf der Stelle erschossen oder, wie eine andere Variante dieser unschätzbaren Formulierung lautet: »standrechtlich erschossen« wurden, eine Terminologie, die unter dem Deckmantel der Gerechtigkeit meine Mordgelüste stets befriedigte.

Es ist ein Jammer, daß sich diese Strafe über die Körperdiebe hinaus nicht auch auf Seelendiebe ausdehnen läßt. Ich verabscheue Sammler sexueller Diebstähle, die zu jedem Betrug bereit sind, nur um das zu erlangen, was Vergewaltiger des Körpers mit Brutalität bekommen. Diese Vergewaltiger der Seele werden zuweilen mit Verführern verwechselt, doch abgesehen von der scheinbaren Übereinstimmung des Objekts (ein wirklich treffender Begriff!) ihrer Begierde gibt es etwas, das sie von Verführern unterscheidet: Sie wurden nie von ihrer Beute gefangengenommen, nie durch die Niederlage ihres Opfers besiegt. Sie machen den Frauen mit der gleichen finsteren Entschlossenheit den Hof, mit der Frauenfeinde ihnen aus dem Weg gehen. Tatsächlich hassen sie sie beide, wenn auch auf verschiedene Art und mit verschiedenen Folgen. Ihre Verachtung bestätigt ihr Bild von sich selbst, das auch ihr Gegenüber von ihnen hat, sie gibt ihm Brief und Siegel. Und der Mann benutzt diese Verachtung als Alibi, um die Jagd immer wieder aufs neue zu beginnen.

Der Direktor der Grundschule Martin Luther King suchte vielleicht nicht einmal nach so einem Alibi. Die einzigen Folgen, die ihn interessierten, waren die strafrechtlichen. Nun sind Seelendiebe gewiß unmoralischer als die Diebe von Äpfeln (der biblischen Frucht, die in solchen Metaphern bevorzugt verwendet wird), doch kein Gesetz verfolgt sie. Die Gesinnung ist nämlich, solange sie nicht in eine kriminelle Tat umgesetzt wird, nie strafbar. Und das ist der feine Unterschied zwischen diesen beiden Kodizes, zwischen Strafgesetz und Moral.

Mit diesen festgefügten Vorurteilen im Kopf treffe ich den Direktor im ersten Stockwerk eines erst kürzlich fertiggestellten Gebäudes aus versetzten Würfeln, die durch Treppen, Brücken und Außenwege miteinander verbunden sind. Auf einem Gelände mit vielen Rasenflächen und Pflanzen ein Eindruck von Luft und Raum, wie er typisch für das 20. Jahrhundert ist, ganz anders als die lombrosische Abgeschlossenheit meiner Schule.

Er legt eine derbe Höflichkeit an den Tag, während er, wie er sagt, von Kollege zu Kollege mit mir spricht und mir angesichts der Tatsache, daß er das traurige Privileg besitzt, der ältere zu sein, das Du anträgt. Mit vor Erregung geröteten Augen über den eingefallenen Wangen sieht er mich lauernd an. Er spielt sofort auf die Schicksalsschläge an, die uns verbinden, indem er auf das steife Bein zeigt, das an der Seite des Schreibtischs hervorragt. Es liegt eine trostlose, heftige Fröhlichkeit in dieser indirekten Solidarität, der heitere, beißende Humor dessen, der daran gewöhnt ist, ihn nur mit seinen Untergebenen zu teilen, die schließlich keine andere Wahl haben.

Er sagt: »Reden wir offen miteinander.«

Dieser Satz, der nie eine Aufforderung zur Klarheit ist, sondern immer eine Eröffnung der Feindseligkeiten, war mir immer unheimlich.

»Du hast großes Glück, daß du einen Direktor wie mich gefunden hast.«

Er schaut mich an, um die Wirkung seiner Worte abzuschätzen.

»Wenn einer die mit einer Behinderung verbundenen Probleme versteht, dann ich.«

Ich nicke und werfe einen diskreten Blick auf sein Bein.

»Dein Sohn wird hier alle Hilfe bekommen, die er braucht. Die richtige Lehrerin, die richtige Klasse, und alles im Erdgeschoß.«

Ich sollte zufrieden sein und bin es auch. Aber er kommt mir vor wie ein Reiseveranstalter oder wie ein Immobilienmakler, der sein Produkt lobt, um den Preis zu rechtfertigen. Wie wird der Preis wohl aussehen?

»Du brauchst dir keine Sorgen zu machen. Nur der Transport, nun ja, der ist deine Sache.«

»Er kommt mit dem Auto oder mit dem Go-Kart«, versichere ich. »Meine Frau kümmert sich darum.«

»Dann ist ja soweit alles in Ordnung. Allerdings ...« Er bricht in Gedanken versunken ab, als beurteilte er mich im Licht einer Idee, die ihm gerade gekommen ist. Einstweilen schiebt er sie auf. »Auch was Pausen, Unterrichtsausfälle und Fehlstunden angeht, gibt es keinen Grund zur Sorge. Ich nehme an, dein Sohn braucht eine besondere Aufsicht.«

Ich zögere. »Ja. Das sollte lieber berücksichtigt werden.«

»Die Lehrerin ist die beste, die ich dir geben kann. Eine Blondine aus Bozen. Sie heißt Bauer. Sie hat alles zu bieten, außer ein bißchen Verständnis für die Männer.«

Er mustert mich forschend: »Du hast doch auch was für Frauen übrig, oder? Die Auswahl hier ist nicht übel. Wenn bloß das Bein nicht wäre!«

In einem simulierten Anfall von Schmerz streckt er es seitlich weg.

»Ich behelfe mich, so gut ich kann«, redet er weiter. »Aber ganz darauf verzichten kann ich nicht. Weißt du, was Ich-weiß-nicht-mehr-wer gesagt hat? Daß es für ihn so unentbehrlich ist wie das tägliche Brot. Das gilt auch für mich.«

Er fügt hinzu: »Ich bin seit zehn Jahren Witwer. Es ist besser so. Das arme Ding. Die Ehe ist nichts für mich.«

Die Sekretärin, die hinter mir an der Tür erschienen ist, hat ihm offenbar ein Zeichen gemacht, denn er nickt, und sie bringt ihm eine aufgeschlagene Aktenmappe mit einigen Seiten zur Unterschrift.

Ich sehe ihn im Gegenlicht vor einem riesigen Fenster,

und er sieht aus wie die Silhouette des hinkenden Teufels, der aus einem Schornstein gefahren ist, um sich in diesem Glaspalast einzunisten.

»An was denkst du?« fragt er mich.

»An nichts«, lüge ich (wie immer, wenn man so antwortet).

»Nein, das heißt, ich dachte an den Eindruck, den deine Schule macht«, korrigiere ich mich.

»Und der wäre?«

»Sie ist leistungsfähig und gut organisiert. Man hat mir übrigens von ihr erzählt.«

»Ach ja?« Er klingt neugierig und besorgt.

»Ja«, antworte ich. »Der einzige Vorbehalt, von dem ich gehört habe, betrifft deine Abenteuer.«

»Was für Abenteuer?«

»Mit dem anderen Geschlecht.«

Ich glaube nicht, daß ich diesen Ausdruck, der mir wie ein Bindeglied zwischen Evolutionismus und Einsamkeit erscheint, schon jemals verwendet habe. Das kommt wahrscheinlich von seiner Gegenwart. Er sieht mich enttäuscht an: »Und auf solchen Blödsinn gibst du was?«

»Nein. Ich erzähle ihn dir nur weiter.«

Er zuckt mit den Schultern: »Alte Kamellen. Ich habe noch nie jemanden gezwungen. Wir sind ein freies Land, meinst du nicht?«

»Gewiß.«

»Ich hatte da vor ein paar Jahren Scherereien mit einer Lehrerin. Aber sie mußte ihre Koffer packen und in die Provinz zurück.«

Er sieht mich mit seinen funkelnden Augen an: »Das arme Ding.«

Die gleiche Bezeichnung wie für seine Frau (eine Mißachtung von Mensch und Sprache).

»Was willst du!« redet er weiter und breitet die Arme aus. »Ich dümple so vor mich hin. Nehme, was kommt.«

Er fügt hinzu: »Wir müssen uns doch ein bißchen amüsieren, oder? Das Leben ist schon hart genug für uns. Ich weiß, wovon ich rede.«

Er wirft mir einen forschenden Blick zu: »Du hast doch auch so deine Schwierigkeiten. Ein bißchen schadlos halten müssen wir uns schon! Meinst du nicht?«

»Gewiß.«

Er sucht mehr eine stillschweigende Duldung als ein Einvernehmen, und er bekommt sie. Im Dialog sind wir so nachgiebig! Zumindest ebensosehr, wie wir im Monolog unnachgiebig sind.

»Du bist nicht zufällig ein Moralapostel?« fragt er mich plötzlich voller Argwohn.

»Nein.« Ich lächle. Ich fühle mich wie ein potentieller Denunziant. »Für mich gibt es nichts Schlimmeres.«

»Für mich auch nicht.«

Um zu einer Einigung in der Sache zu kommen, tue man so, als fände man sie über Worte.

Er mustert mich nach wie vor mit einiger Neugier. »Ich frage das, weil ich das Gefühl habe, wir beide könnten uns verstehen.«

»In der Tat.«

»Du dürftest wenigstens zwanzig Jahre jünger sein als ich, doch Intelligenz hat nichts mit dem Alter zu tun, meinst du nicht auch?«

»Absolut«, antworte ich.

Ich merke, daß ich eine Sprache verwende, die nicht meine ist. Das geschieht, wenn es jemand schafft, das Schlimmste von uns zu bekommen. Meistens ist das ein sehr schlechtes Zeichen, für beide Seiten.

»Du wirst sehen, deinem Sohn wird es hier an nichts fehlen. Er wird nur Freunde finden, das garantiere ich dir.«

»Dafür bin ich dir sehr dankbar.«

Er grinst. »Aber ich bitte dich! Wir müssen doch zusammenhalten. Ich tue was für dich, und du tust was für mich. Ist es nicht so?«

»Absolut«, wiederhole ich.

Ich warte. Ich weiß, daß er darauf hinauswollte, doch ich wußte nicht, wann er damit kommen würde und in welcher Angelegenheit. Die ganze Zeit habe ich gespürt, daß seine Rede auf diesen Punkt abzielte.

»Ach, übrigens«, er hebt plötzlich den Kopf, als wäre ihm ein unerwarteter Einfall gekommen. »Da wäre eine Kleinigkeit, um die ich dich bitten wollte. Darf ich?«

Er sieht mich unterwürfig an, als wäre er selbst überrascht.

»Natürlich.«

»Vielleicht weißt du, daß ich mich sozusagen dilettantisch als Dichter betätige. Ich sage ›dilettantisch‹, und du weißt schon, was ich meine. Keine großen Ambitionen, zumal in meinem Alter. In jungen Jahren war das vielleicht anders.«

Mir geht durch den Kopf, daß nur Dilettanten den Ausdruck »dilettantisch« für ihr Tun benutzen. Vielleicht ist es richtig, sie so zu nennen, wenn sie sich schon selbst so bezeichnen.

»Ich hatte nie Ambitionen in Richtung hohe Literatur, die überlasse ich den professionellen Autoren.«

Ich erkenne die mit Gleichgültigkeit getarnte, abschätzige Aggressivität, die Dilettanten für gewöhnlich denen entgegenbringen, die dies nicht sind.

»Immerhin habe ich einige Preise bekommen. Den

Premio Gabbiano in Gold und den Premio Radici. Dinge für Provinzler wie mich, doch sie erfreuen das Herz.«

»Das verstehe ich«, sage ich mit Nachdruck. »Es sind die ehrlichsten Anerkennungen.«

»Genau!« ruft er aus. Seine Augen funkeln begeistert. »Weitab von allen Literatenspielchen!«

Ich stimme ihm mit Binsenweisheiten zu. Bei Literaturpreisen sind, wie bei Hochzeiten und Beerdigungen, belanglose Floskeln obligat.

»Dort sitzen die richtigen Experten, die richtigen Leser!« fügt er hinzu. »Nicht die Lektoren aus den distinguierten Verlagen!«

Ich stelle mir seinen Leidensweg mit den Verlagslektoren vor. Aber auch den ihren.

»Jedenfalls habe ich im Laufe meines Lebens ein kleines Kapital an Gedichten zusammengetragen. Leider nichts Einträgliches.«

Er lächelt.

»Aber ich bereue es nicht. Mit der Poesie ist es wie mit den Frauen. Es ist gewonnene Zeit, keine verlorene. Siehst du das anders?«

Ich mache eine unbestimmte Geste, egal, ob zustimmend oder ablehnend (Hauptsache, man kommuniziert).

»Eben«, sagt er. »Ich sehe, du denkst genau wie ich darüber.«

Er seufzt.

»Ich möchte eine kleine Sammlung zusammenstellen, eine Blütenlese, wie man so sagt. Vor allem, um sie Freunden zu schenken, die mich darum gebeten haben. Sie sind es, die darauf bestehen.«

Dieses Detail taucht in den Reden von Dilettanten immer wieder auf. Ganze Komitees von Freunden, die auf

Veröffentlichung drängen. Vielleicht stimmt es wirklich. Die Nichtdilettanten (ich werde nicht die gewagte Bezeichnung »Profis« verwenden) stoßen meist auf fundierten Widerstand.

»Und dann möchte ich sie für den einen oder anderen großen Preis einreichen. Aber nicht in einer Veröffentlichung auf eigene Kosten. Auf Kosten eines Verlags und möglichst eines mit einigem Ansehen. Meinst du nicht?«

»Ich denke schon«, antworte ich unerschütterlich und besorgt.

»Ach, hier ist es ja, sieh mal!« sagt er mit einiger Verwunderung, nachdem er das oberste Schubfach seines Schreibtischs aufgezogen hat. »Ich habe das Manuskript von zu Hause mitgebracht, um während des Schultags hin und wieder einen Blick darauf zu werfen. Du weißt es noch nicht, aber ich bin sehr anspruchsvoll!«

»Das kann ich mir vorstellen.«

»Immer wieder Korrekturen, nie bin ich zufrieden. Nie weiß ich, ob das richtige Wort, wie die Franzosen es nannten, auch das richtige ist. Trotzdem versuche ich es!«

Er holt einen dicken Packen Papier aus der Schublade, der von einer Ringspirale und zwei Einbanddeckeln aus rotem Plastik zusammengehalten wird.

»Willst du nicht mal hineinschauen?« Er hält das Manuskript über dem Tisch hoch.

Dann gibt er es mir mit der gleichen Geschwindigkeit, mit der ein Kaufmann seinem Kunden ein Päckchen über den Ladentisch schiebt.

Ich nehme es mit gespielter Behutsamkeit entgegen. Es trägt den Titel *Mann gegen Mann.*

»Ich weiß nicht, ob ich wirklich die richtige Person

bin, um ein Urteil abzugeben«, sage ich und schaue ihm in die Augen. »Ich habe mich beruflich nie mit Gegenwartslyrik befaßt.«

»Warum nicht? Muß man denn unbedingt Experte sein?« antwortet er frech. »Du hast alle Voraussetzungen, um zu erkennen, ob das Poesie ist oder nicht. Hast du nicht wie ich deinen Doktor in Philologie gemacht?«

»Das schon, aber Lyrik beurteilen ist etwas anderes.« Ich versuche Zeit zu gewinnen. »Man muß die Vergleichsmuster kennen, braucht einen Bezugsrahmen. Ich wollte dich nur warnen.«

»Huch, bist du umständlich!« sagt er lachend und schließt das Schubfach. »Du redest von dem Urteil, als wäre es das des Jüngsten Gerichts. Du entscheidest hier nicht für die Nachwelt!«

Er zieht sein steifes Bein an den Schreibtisch heran und beugt sich mit dem Oberkörper zu mir: »Nur deine Reaktion, abgemacht? Nur wenn dir meine Gedichte etwas sagen. Irgendwann habe ich die Experten gefragt, ob ich weitermachen oder aufhören soll. Niemand hat mir je geantwortet, also habe ich nie aufgehört. Meinst du, jetzt könnte es zu spät sein?«

Er spricht mit einem typisch dialektalen Singsang. Wie ich ihn darum beneide! Er hilft ihm, ein Leben in eine witzige Antwort zu verwandeln, ein Individuum in eine Gemeinschaft zu stellen, ihm die Verlegenheit zu nehmen und sie auf mich zu übertragen.

»Mach dir nicht zu viele Gedanken«, fügt er hinzu. »Ich verlange ja nicht sonstwas von dir, nur eine kleine Mühe.«

»Ja natürlich!« erwidere ich mit künstlicher Munterkeit. »Das tue ich doch gern. Es ist keine Mühe für mich.«

Er hebt die Hand, als wollte er einen Schlag abwehren: »Moment, das ist noch nicht alles.«

Ich wußte es. Er gehört zu den Menschen, bei denen immer eine Rechnung offenbleibt.

»Wenn du sie gelesen hast«, fährt er ruhig fort, während er auf die Gedichte in meiner Hand deutet, »und nur, wenn sie dich überzeugen ...« (Es sieht so aus, als ließe er mir eine Wahl, doch in Wahrheit entzieht er sie mir.) »... Nur dann könntest du mir einen kleinen Gefallen tun.«

»Gern«, antworte ich mit gottergebener Unverfrorenheit. »Welchen denn?«

»Kannst du dir das nicht denken?«

Ich überlege blitzschnell. Ein Vorwort? Doch ich habe nie publiziert. Eine Auswahl seiner Texte? Die hat er schon selbst besorgt. Ein Zuschuß zu den Kosten? Aber die hat er ja ausgeschlossen.

»Dein Schwiegervater«, sagt er leichthin, als läge das klar auf der Hand. »Er ist Anwalt und auf Verlagsverträge spezialisiert.«

»Woher weißt du das?«

Er lächelt.

»Meinst du, nur du kannst Informationen über mich einholen? Auch ich habe meine Quellen.«

»Ja, aber was kann mein Schwiegervater denn tun?«

»Viel.« Sein Ton ist schroff und energisch. »Er steht mit den Spitzen der größten Verlage in Verbindung. Ein Wort von ihm vermag alles.«

Kein Mächtiger hatte je soviel Macht wie in den Augen eines Menschen, der deren Grenzen ignoriert.

»Er braucht gar nicht viele Worte zu verlieren«, redet er weiter. »Es genügt, wenn er ein – sagen wir – konkretes Interesse bekundet. Allerdings«, wieder hebt er die Hand,

»muß dieses Interesse wirklich vorhanden sein. Er muß davon überzeugt sein. Ich will keine Protektion.«

Das ist der Satz, der sie mit ins Spiel bringt.

Ich versuche, ihn zu bremsen: »Weißt du, mein Schwiegervater ist nicht gerade ein Kenner der Gegenwartslyrik. Er hat bei D'Annunzio aufgehört.«

»Das ist doch kein übler Schlußpunkt«, sagt er augenzwinkernd. »Und für die Fortsetzung bist du da.«

»Aber da ist noch ein viel wichtigerer Grund«, beharre ich. »Mein Schwiegervater verfügt nicht über soviel Macht, wie du annimmst. Er kann veranlassen, daß man dich liest, aber nicht, daß man dich publiziert.«

»Hör mal«, erwidert er geduldig, als hätte er es mit einem begriffsstutzigen Schüler zu tun. »Hast du noch nie was von der Mafia gehört?«

»Doch, natürlich.«

»Und ist die Literaturszene nicht eine einzige Mafia?«

»Nicht die ganze.«

»Ein Großteil.«

»Ein Teil. Doch man muß sich wie ein Mafioso benehmen. Denn sie wissen, daß du etwas gibst, wenn du etwas bekommst, und daß du dich rächst, wenn du nichts bekommst.« Ich entdecke da eine Mafia-Theorie, die mir vorher nie so klar war. »Aber mein Schwiegervater ist kein Mafioso. Darum beachten sie ihn nicht.«

»Willst du damit sagen, sie respektieren ihn nicht?«

»Doch, sie respektieren ihn. Aber sie fürchten ihn nicht. Das ist der Unterschied.«

Er hört mit gesenktem Kopf zu, betroffen und enttäuscht. Zweifellos erwägt er bereits andere Möglichkeiten. Ich kenne die Anmaßung derer, die Protektion nur abwehren, um sie unter einem anderen Namen einzufordern.

Er hebt den Kopf: »Du willst mir doch nicht weismachen, daß er wegen eines kleinen Gedichtbands Probleme hat.«

Ich weiß, daß ich seinen Erpressungen zuvorkommen muß, um nicht morgen noch viel schlimmeren ausgesetzt zu sein.

»Ein anderer an seiner Stelle würde es womöglich tun«, antworte ich. »Aber er nicht.«

»Er ist die Anständigkeit in Person«, bietet er an.

»Genau.«

»Einer von denen, die in tausend Stücke zerspringen, wenn du sie anrührst.«

Ich lache.

»Er ist noch einer von der alten Schule. Er bewegt sich nur auf dem Terrain, das er kennt. Dort, wo er Autorität hat.«

»Was für ein großes Wort!« ruft er. »Autorität! Wer kann denn deiner Meinung nach in der Poesie Autorität haben?«

»Ich weiß nicht. Ein Kritiker oder ein Experte.«

Er mustert mich mit herausfordernder Miene.

»Du, zum Beispiel, nicht«, sagt er. »Du bist ja bloß ein Lehrer. Du hast ja nie Gedichte studiert.«

Wir sind an dem Punkt angelangt, vor dem ich mich gefürchtet habe; auf der Schwelle zwischen Ironie und Bitterkeit. Ich versuche zu lächeln: »Sieh mal, ich bin kein Fachmann. Und in seinen Augen schon gar nicht.«

»Warum nicht?« fragt er. »Weil niemand Prophet im eigenen Lande ist?«

»Auch deshalb«, erwidere ich, durch dieses Zitat ermuntert (das bei wahren Begebenheiten stets ebenso tröstlich ist wie bei erfundenen).

»Als was sieht er dich denn im allgemeinen?« bohrt er weiter.

»Als einen, der wenig verdient.«

»Ist das so wichtig?«

»Ja«, antworte ich. »Wenn du dich für Kultur interessierst, aber nichts verdienst, giltst du als kleiner Spinner. Bestenfalls respektiert man dich. Wenn du dagegen gut verdienst, bekommt deine Arbeit plötzlich Gewicht. Das ist der Unterschied.«

»Geld regiert die Welt!« kommentiert er mit erhitztem Gesicht, ob zustimmend oder entrüstet, ist nicht zu erkennen. »Der Rest ist leeres Geschwätz.«

»So ist es.«

Er schweigt nachdenklich. Die Wendung, die das Gespräch genommen hat, dürfte ihm nicht gefallen.

»Aber schließlich und endlich!« ruft er mit grimmiger Energie. »Einen Gefallen wird er dir doch wohl nicht abschlagen, bei all dem Unglück, das du hattest!«

»Es hat auch ihn getroffen«, antworte ich, als hätte ich seine Grobheit nicht bemerkt. In Gedanken korrigieren wir die Antworten der anderen, um den Dialog fortsetzen zu können. »Er hält mich sogar für mitschuldig an der Situation.«

»Wieso denn das?« fragt er ungläubig.

»Du bist immer ein bißchen schuld an dem, was dir passiert. Vor allem dann, wenn auch andere dafür aufkommen müssen.«

Das stimmt, doch ich übertreibe. Er hat es gemerkt.

»Bist du sicher?« fragt er.

Ich breite die Arme aus: »Weißt du, ich glaube, ich kenne ihn.«

»Und ich glaube langsam, ich kenne dich.« Er nickt, und sein Ton verheißt nichts Gutes. »Ich habe nur noch nicht verstanden, ob du es bist oder nur so tust.«

»Was denn?«

»Vorsichtig. Immer bist du auf der Hut!«

Er imitiert mit den Händen die Schritte eines bedächtigen, umsichtigen Tiers, vielleicht die eines Bären oder eines Faultiers.

»So erreicht oder schafft man aber nichts!« fährt er fort. »Man muß sich rühren im Leben!«

»Das meine ich auch.«

»Man muß sich ins Getümmel stürzen!« drängt er weiter. »Wenn du nichts riskierst, erkennst du auch deine Grenzen nicht!«

»Ich glaube, ich kenne sie.«

»Sogar viel zu sehr!« tönt er. »Du hast so viele Skrupel, so viele Zweifel! Wenn ich wie du wäre, säße ich bestimmt nicht hier!«

»Davon bin ich überzeugt.«

Ich mag diese doppeldeutigen Antworten, die sich in zwei Richtungen interpretieren lassen, positiv und negativ. Positiv möglichst von meinem Gesprächspartner, negativ von mir. Doch er durchschaut die negative Seite sofort.

»Glaube ja nicht, es ginge hier nur um mich«, eifert er. »Wir sitzen alle im selben Boot!«

Das ist mehr als eine Feststellung, das ist eine Drohung.

»Und wenn der Steuermann einen Fehler macht«, fährt er im selben erregten Tonfall fort, »geht nicht nur er unter, sondern auch du!«

»Gewiß«, antworte ich, obgleich ich nicht recht begreife, auf welchen Dampfer und warum er mich gerade verlädt.

»Verstehst du, was ich meine?« fragt er.

»Ja, aber worauf willst du hinaus?«

»Auf uns will ich hinaus!« ruft er. »Auf dein Problem, das nun auch meines ist. Weil ich mich damit befasse!«

»Wofür ich dir dankbar bin, ich sage es noch einmal.«

»Tja, dankbar«, brummt er, als wäre ihm dieses Adjektiv nicht genug. »Du weißt doch, wie die Dinge in der Schule laufen. *Ich*« – er tippt mit dem Finger auf seine Brust – »muß die Gesetze umgehen! *Ich*« – wiederholt er mit der gleichen emphatischen Geste – »werde etwas durchsetzen müssen, wozu ich nicht berechtigt bin!«

»Was meinst du?« frage ich.

Ich spüre ein Zittern in meinen Gliedern.

»Die eingeschränkte Schülerzahl, zum Beispiel! Sonst weigert sich Signorina Bauer nämlich, einen Behinderten in ihre Klasse zu nehmen!«

Er fügt hinzu: »Und ich weiß nicht, ob ich die durchsetzen kann! Ich weiß es nicht!«

»Nein, entschuldige!« Doch ich denke: *Du Mistkerl!* »Damit kannst du mir jetzt nicht kommen!«

»Was soll das heißen – ich kann nicht?« Entrüstet hebt er die Stimme. »Und ob ich kann!«

»Nein, du bist laut Gesetz verpflichtet, die Zahl der Schüler zu verringern«, antworte ich ruhig, doch vor Angst versagt mir die Stimme. »Dafür gibt es genaue Vorschriften, und das weißt du auch.«

»Ja, nach Ermessen des Direktors, der von Fall zu Fall entscheidet. Ich bin mir nicht sicher, ob die Bürokratie mir die kleinere Klasse zugesteht!«

Mir bleibt die Luft weg.

»Einmal ist es schon vorgekommen. Da habe ich sie nicht verringert!« fügt er mit einem hämischen Triumph in den Augen hinzu.

»Hör mir gut zu«, sage ich, während ich mit dem Stuhl an den Schreibtisch heranrücke. Ich versuche, langsam zu sprechen, doch ich bin außer Atem. »Ich sage dir, ein

Behinderter hat das Recht auf eine Klasse mit weniger Schülern! Ich habe mich informiert.«

»Aber nicht ausreichend«, beharrt er.

»Solltest du rein zufällig keine Klasse zustande bringen, die für die Bauer geeignet ist«, jetzt bin ich es, der mit dem Finger auf ihn zeigt und seine Stimme erhebt, »ahnst du nicht, was dich erwartet!«

Ich sehe ihn haßerfüllt an.

»Was willst du damit sagen?«

»Daß deine Schule in sämtlichen Zeitungen stehen wird! Weil sie die neuen Gesetze nicht respektiert. Weil es eine Schande ist, daß die Bürokratie triumphiert!«

Ich sage »Schule« und nicht »du«, um einen nichtexistenten Unterschied zu wahren und zu retten, was zu retten ist. Er nimmt das zur Kenntnis und zeigt sich beinahe dankbar dafür.

»Zeitungen?« fragt er. »Du hast Verbindungen zur Presse?«

»Ja, durch meinen Schwiegervater! Für das Kind würde er das und noch viel mehr tun!«

Die Erwähnung meines Schwiegervaters muß sein Hirn wie ein Blitzstrahl durchzuckt haben. Er hebt den Kopf: »Warum regst du dich so auf?« erwidert er gelassen. »Ich habe dir nur eine mögliche Gefahr vor Augen geführt. Wir sind doch hier, um uns zu helfen, nicht wahr?«

»Gewiß«, antworte ich.

Ich kann nicht weitersprechen.

»Siehst du, dein Schwiegervater kann doch etwas bewirken«, fährt er fort. »Da bin ich ganz sicher.«

Er fügt hinzu: »Hier wie auch im Verlagswesen. Darum erlaubte ich mir ja, dir von meinen Gedichten zu erzählen.«

Mir fehlt die Kraft, um ihm zu antworten.

»Entscheidend ist immer, wie du die Dinge anpackst. Was dir unmöglich erschien, wird am Ende ganz einfach.«

Abschließend sagt er: »Auch im Hinblick auf meine Gedichte, du wirst schon sehen.«

Ich höre ihm erschöpft zu, mit von der anhaltenden Aufregung weichen Knien. Ich kann doch wegen dieser Erpressung nicht die Zukunft des Kindes aufs Spiel setzen! In Italien können wir uns nie auf das Gesetz verlassen. Immer gibt es eine höhere Macht, die uns vernichten kann.

»Ich werde sehen, was sich tun läßt«, sage ich leise und stehe auf. Das Gespräch ist beendet. »Aber ich kann dir nichts versprechen, es hängt nicht von mir ab.«

»Nein, glaub mir«, widerspricht er. »Es hängt von dir ab.«

Auch er ist aufgestanden, wobei er das Bein mit fröhlichem Ungestüm zur Seite geschleudert hat. Auf seinen Stock gestützt, umrundet er den Schreibtisch. Als er dicht vor mir steht, richtet er sich gerade auf und legt mir seine freie Hand auf die Schulter, während er das gelähmte Bein leicht angehoben hält: »Man muß sich im Leben einfach miteinander verständigen. Dazu gehört nicht viel.«

Ich stecke seine Gedichtsammlung in meine Aktentasche.

Er fügt hinzu: »Laß bald von dir hören!«

Dann kehrt er zu seinem witzelnden, hemdsärmeligen Tonfall zurück: »Eine Hand wäscht die andere, was? Meinst du nicht auch?«

Ich versuche zu lächeln, doch mir fallen vor Müdigkeit fast die Augen zu. Am liebsten würde ich mich auf den Rasen vor der Schule legen.

»Ciao.« Wir stehen an der Tür. »Ich tue, was ich kann.«

»Ich auch!« ruft er.

Seine Augen strahlen. »Und weißt du was? Wir werden die Sache schon deichseln!«

Ich drücke ihm die Hand. Zwischen uns hat sich eine sehr strapazierte Solidarität entwickelt.

Er ist zufrieden. »Soll ich dir den Fahrstuhl rufen?«

»Nein, ich gehe zu Fuß.«

»Du Glücklicher, du hast keine Probleme!« sagt er. »Ich bin immer auf ihn angewiesen.«

»Tja.« Ich nicke. »Mein Sohn wird ihn brauchen, wenn er nach oben muß.«

»Dann werden wir ihn beide nehmen!« schreit er mir nach, während ich langsam die Treppe hinuntergehe.

Die Insel der Glückseligkeit

Wir nehmen auf Eisenstühlen Platz, die im Halbkreis um eine Gummimatte angeordnet sind, auf der sie kauert. Sie trägt einen schwarzen Sportanzug, der ihren langen, dürren Körper verhüllt. Sie sieht prüfend auf ihre Uhr mit dem phosphoreszierenden Armband und beobachtet mit ihrem sarkastischen Lächeln die letzte noch fehlende Mutter, die zu spät kommt: auffälliges Make-up und eine unbefangene Miene in einer Parfümwolke.

»Wir haben auf Sie gewartet«, sagt sie, während sich die andere, ohne sich zu beeilen, ausladend auf einem Stuhl in der zweiten Reihe niederläßt. Ihr Sohn ist ein leichter Fall, nur geringfügig gehbehindert, was sich nach der Physiotherapie wahrscheinlich geben wird. Sie betrachtet uns immer mit einer wachen, distanzierten Neugier, wie eine Touristin aus der ersten Klasse, die dem Deck der dritten einen Besuch abstattet. Sie läßt keine Gelegenheit aus, um auf die minder große Härte ihrer Situation hinzuweisen. Angesichts der viel schrecklicheren Fälle reißt sie in bühnenreifem Mitgefühl dic Augen auf. Man ahnt, daß sie ihr beruhigende Vergleichsmöglichkeiten bieten. Sie ist keineswegs die einzige unter den Eltern, die sich so verhält, nur eben die unverhohlenste und vielleicht dümmste. Doch ist niemand von uns davor gefeit, wir sind immer froh, uns selbst trösten zu können, wenn wir jemanden trösten, dem es schlechter geht als uns. Die Rangordnung der Behinderungen wird zum Gegenstand einer stillschweigenden

Rivalität. Wenn wir selbst schon so miteinander wetteifern, brauchen wir uns über die Reaktionen anderer Menschen nicht zu wundern.

»Also, sind Sie soweit?« fragt die Ärztin auf der Matte und stützt sich halb aufgerichtet auf einen Arm.

Es sei die erste der von der Klinik angeregten Elternrunden, sagt sie mit einiger Feierlichkeit. »Sie müssen über sich, ja, über sich reden.« Sie zeigt mit dem Finger auf uns, und schon fühlen wir uns schuldig.

Wir sollten dem Problem auf den Grund gehen. Vor allem aufrichtig erzählen, um dieses scheußliche Wort zu gebrauchen, wie sie sagt. Dieser Satz wird von einem schrillen Auflachen begleitet, das sie gern einsetzt, um, wie sie glaubt, die Spannung abzubauen. Wie wir die Behinderung erleben, wie die Behinderung uns verändert hat, wer wir heute sind. Man werde die Erfahrungen miteinander vergleichen, werde sie in ein Dossier der Klinik aufnehmen und sie vielleicht in einem Buch verarbeiten.

»Sind Sie einverstanden?«

Es herrscht ein finsteres Schweigen, das uns schließlich zusammenschweißt. Jeder starrt vor sich hin und meidet ihren Blick, der uns neugierig mustert. Wir sind wieder in die Schule zurückversetzt: Niemand, der den Lehrer ansieht, bevor der nicht jemanden aufgerufen hat.

»Sie sollen nicht darüber reden, was in der Klinik geschieht, das ist die Insel der Glückseligkeit. Sie sollen darüber reden, was draußen geschieht.«

»Hören Sie doch auf mit dem Gerede von der Insel der Glückseligkeit!« begehrt heiser ein dicker Mann mit weit aufgerissenen Augen und violetten Wangen auf, dessen Hals wie bei einem Frosch geschwollen ist. »Als erstes sollten wir auf diese Formulierung verzichten!«

»Gefällt sie Ihnen nicht, Signor Colnaghi?« fragt die Ärztin ruhig. Sie hat sich ganz aufgerichtet, die Brust unter dem Sportanzug würdevoll vorgestreckt. »Was stimmt denn damit nicht?«

»Die beiden Wörter, Insel und Glückseligkeit«, antwortet er. »Was sollen die mit uns zu tun haben?«

»Ich glaube, Sie haben recht.« Ich bin es, der jetzt spricht, warum tue ich das? Ich weiß es nicht, ich weiß nur, daß ich weiterreden muß, als sich Signor Colnaghi mit unterdrückter Dankbarkeit zu mir umdreht. »Das ist kein passender Ausdruck.«

Sie betrachtet mich mit verschwörerischer Ironie: »Sie stellen sich auch auf diesen Standpunkt, Signor Frigerio?«

Und weiter: »Natürlich können wir darauf verzichten. Und Sie, was halten Sie davon?«

Die Frage geht an eine kleine Frau in der ersten Reihe, die schräg auf ihrem Stuhl hockt. Sie hat die Hände in zunehmender Verkrampfung über den Knien gefaltet. Ich habe sie schon öfter gesehen, sie gehört zu den schüchternen Menschen, die sich, wenn sie öffentlich angesprochen werden, am liebsten in sich verkriechen möchten, bis sie ganz verschwinden. Sie träumen davon, Denkwürdiges zu äußern, und fürchten sich davor, Lächerliches zu sagen. Mit dünner Stimme antwortet sie: »Für mich ist das in Ordnung.«

Die Ärztin schnellt mit einem Hüpfer von der Matte. Wir wissen, daß sie stolz auf diese Behendigkeit ist, während sie ihr Leben leidenschaftlich denen widmet, die dergleichen entbehren müssen. Es ist eine Koketterie, die mit unserer Komplizenschaft rechnet. Eine beachtliche Frau, räumen wir – widerwillig – schließlich auch ein.

Sie lacht fröhlich, wie es ihr in ihren besten Augenblicken gelingt: »Die Insel der Glückseligkeit gefällt Signor Colnaghi und Signor Frigerio nicht. Und was ist mit den anderen?«

Die anderen zögern und rutschen auf ihren Stühlen hin und her, unentschlossen zwischen Schmeichelei und Wahrheit, zwischen Tradition und Sezession.

»Ich verstehe, Ihnen gefällt sie auch nicht. Dann lassen wir sie eben weg. Ab heute keine Insel der Glückseligkeit mehr. Aber mit der Klinik sind Sie doch zufrieden, oder?«

Ja! Mit der Klinik ja! Es ist ein erlösender Chor, hinter dem sich wie in der Schule Ehrlichkeit und Lüge, Überzeugung und Unschlüssigkeit verstecken. Die gleiche zwieträchtige Einstimmigkeit.

»Wir könnten uns keine bessere Behandlung wünschen«, sagt jetzt wieder Signor Colnaghi, den der unerwartete Triumph mit ebensoviel Stolz wie Sorge erfüllt, und wischt sich mit dem Taschentuch die Stirn. »Aber die Insel der Glückseligkeit war doch ein bißchen zu euphorisch!«

»Gut, Signor Colnaghi, einverstanden«, sagt sie geduldig und senkt den Kopf.

Er möchte etwas hinzufügen, wie es jemandem, der das Schlußwort gesprochen hat, häufig ergeht: »Wir erleben das anders.«

»Ja.« Sie nickt.

Dann hebt sie den Kopf: »Eben. Wie erleben Sie die Klinik?«

Sie hat die Fäden des Gesprächs wieder in der Hand. Tja, wie erleben wir die Klinik?

Wir werden wieder ernst, zerknirscht, nachdenklich und fast niedergeschlagen. Die Ferien auf der Insel der Glückseligkeit sind vorbei.

Gefälligkeiten

Jemand, der uns am Abend eine Gefälligkeit abschlägt, hätte sie uns am Morgen, in anderer Stimmung, vielleicht gewährt. Niemand hat das je nachprüfen können und wird es auch künftig nicht können. Doch solche hypothetischen Gewißheiten sind es, denen wir die Freude über unser rechtzeitiges Handeln oder den Kummer wegen einer verpaßten Gelegenheit verdanken.

Ich darf also mit meinem Schwiegervater nichts falsch machen. Wann ist der günstigste Augenblick, um einen Gefallen zu erbitten?

»Was denn für einen Gefallen?« fragt Franca.

»Einen verlegerischen.«

»Nie«, sagt sie.

»Gut«, sage ich, durch den ehelichen Beistand in der Not getröstet.

»Für wen soll er denn sein?«

»Für den Hinkefuß.«

Ich merke mit einigem Unbehagen, daß ich das Gebrechen, an dem er leidet, brutal gegen ihn gekehrt habe. Normalerweise passiert das jemandem, der selbst direkt oder indirekt mit einer Behinderung konfrontiert ist, nicht. Wenn jemand Begriffe wie »Spastiker« oder »mongoloid« als Schimpfwörter benutzt, kann man sicher sein, daß niemand in seiner Familie das ist. Ein Schicksalsschlag hat neben vielen anderen auch unmittelbare sprachliche Folgen, er macht uns sensibel für den Wortschatz, der mit dem Problem verbunden ist.

Man könnte weiter mutmaßen, daß ein Schriftsteller jemand ist, der stets sensibel auf die Schicksalsschläge der Sprache reagiert, auch wenn er gar nicht davon betroffen ist. Und der nicht erst wartet, bis er betroffen ist, um über Bedeutungsunterschiede nachzudenken. Das hilft auch zu erklären, warum die auf Behinderungen bezogene Sprache inzwischen reichlich gestört ist. Viele Menschen fragen sich, warum aus »blind« ein »sehschwach« geworden ist und aus »taub« ein »gehörlos«. Eine plausible Erklärung mag sein, daß man das Wort »blind« unweigerlich auf einen Menschen bezieht, während mit »sehschwach« nur eine fehlende Funktion umschrieben wird.

Als Gegenbeispiel kann der Hinkefuß gelten. Die vorsichtigste Bezeichnung, die häufig auf diese Behinderung angewandt wird, wäre wohl, daß er Probleme mit dem Gehen hat. Er hat Probleme mit dem Sprechen, sagt die Mutter eines Stotterers. Eine zweite Variante, die sich den vornehmen Mantel der Bildung anzieht, könnte lauten, er sei »hüftlahm«. Doch ein hüftlahmer Direktor verrät unweigerlich einen ironischen Unterton.

Der Hinkefuß dagegen ist hart, barsch, ruppig, feindselig. Er erinnert nicht nur an eine durch ein körperliches Gebrechen geschwächte Autorität, sondern auch an den hinkenden Teufel aus Lesages Roman, der in die abgedeckten Häuser von Madrid schaut; genau das Bild, das ich von ihm vermitteln wollte und durch das zumindest zweierlei deutlich wird: daß ein Gebrechen stets ein beleidigender Trumpf ist, der im geeigneten Moment ausgespielt werden kann, und daß unter Menschen, die an einer Behinderung leiden, Solidarität nicht unbedingt die häufigste Tugend ist.

Der günstigste Augenblick ist vielleicht die Rückkehr von der Autofahrt mit Paolo. Bevor mein Schwiegervater aus dem Haus geht, ist er unruhig und späht auf die Straße, als bereitete er einen Ausfall gegen eine feindliche Belagerung vor. Er schnallt Paolo so am Sitz fest, daß er sich wirklich kerzengerade hält und sein Kopf nicht hin und her schaukelt. Er hat sich noch nicht mit Paolos Anomalien abgefunden, und sein Gesicht hellt sich auf, wenn jemand die »Probleme« nicht sofort bemerkt, was für ihn ein beruhigendes Zeichen für die künftige Normalisierung ist. »Er wird nie normal sein!« sagte ich einmal zu ihm. Ich war gereizt. Wir können unsere Fehler ertragen, doch nicht, wenn wir sie in anderen Menschen widergespiegelt sehen. »Das sagst du!« entgegnete er. Und fügte hinzu: »Die Natur kann Wunder vollbringen!«

Jedenfalls hat er sich nie um Paolos Gymnastik gekümmert. Franca bezog so ziemlich jeden ein, der greifbar war (Schüler, Lehrer, Eltern, Freunde, Nachbarn), um den Kopf des Kindes zu drehen und abwechselnd seine Arme und Beine zu bewegen, während es bäuchlings auf dem Tisch lag. Aber bei ihrem Vater traute sie sich das nicht. Das heißt, sie hatte sich damit begnügt, ihn ein einziges Mal zu bitten, eingedenk eines sizilianischen Sprichworts, das sie mir zitiert hatte: Wenn ein Freund beim ersten Wort nicht hört, heißt das, ein zweites gefällt ihm nicht.

Vielleicht fand er es unnatürlich, daß ein Kind so viele Störungen des Gleichgewichts und des Bewegungsapparats mit alten Menschen gemeinsam hatte. Es mußte ihm wie eine Umkehrung der Natur vorkommen, wenngleich ich ihm erklärte, daß die Natur diese Umkehrung vorsieht. Sonst hätte Paolo, wie die Neurologen es in Betracht gezogen hatten, keine alternativen Bewegungsabläufe ausführen können.

»Warum hat Paolo überlebt?« fragte ich ihn.

»Weil er stark ist!« antwortete er in einer Anwandlung von gedemütigtem Stolz.

»Nein, weil er schwach ist«, sagte ich, »und weil er Kraft aus seiner Anpassungsfähigkeit schöpft.«

»Schluß jetzt mit deinen Vorträgen! Ich will nichts mehr davon hören!«

Paolo bot ihm eine extreme Gelegenheit, seine Meinung zu ändern, aber das war das letzte, was er wollte. Mit seiner hierarchischen Vorstellung von Natur und Gesellschaft sah er sich nun mit der Situation seines Enkels konfrontiert, die sein Lebensgefühl vor unlösbare Probleme stellte. Im Gegensatz zu dem, was man vermuten könnte, gibt der Andersartige auch uns das Gefühl von Andersartigkeit, und gerade das wollen wir nicht verzeihen. Mein Schwiegervater starb in der Überzeugung, sein Enkel sei nur dem Anschein nach anders. Das war seine inständigste Hoffnung, und die Angst, widerlegt zu werden, ließ ihn fanatisch werden. Jung hat zwar geschrieben, Fanatismus sei ein überkompensierter Zweifel, doch er konnte seinen Zweifel nie kompensieren.

Als junger Bursche, so erzählte er mir, hatte er im Kino immer darauf gewartet, daß sich irgendein Homosexueller verriet, damit er ihm mit seinen Gefährten im Dunkeln auflauern und ihm eine kleine Lektion erteilen konnte. Mich erschreckte auch die Formulierung *Lektion,* die den Überfallenen vieles lehrte, was dem, der sie erteilte, jedoch vorenthalten blieb. Auch nach fünfzig Jahren noch.

Ich erwarte ihn bei seiner Rückkehr von der Autofahrt mit Paolo.

Der grüne Wagen biegt mit eingeschalteten Scheinwerfern in den Hof ein. Es ist später Nachmittag, doch er schaltet das Licht zeitgleich mit den Straßenlaternen an. Das ist einer der zahlreichen Riten, die er obsessiv zelebriert, und er bildet sich sogar noch etwas darauf ein, als wäre es ein Verdienst. Noch so ein Verdienst waren seine regelmäßigen Besuche in einem Klub, wo er Mitglied war. »Ich habe kein einziges Mal gefehlt«, hatte er einmal stolz erzählt. »Kein einziges Mal!« Er erinnerte mich an die Unerschrockenheit eines Admirals, der mit seinem Schiff untergegangen war, nachdem er alle Passagiere und die Besatzung in Sicherheit gebracht hatte – nur daß er es eben noch erzählen konnte.

Behende öffnet er die Autotür und umrundet die Motorhaube, um zu Paolo zu gelangen. Ich habe inzwischen den Go-Kart aus der Garage geholt und bringe ihn zum Auto. Er befreit Paolo aus den Gurten und setzt ihn mit einer schwungvollen Bewegung auf den kleinen Sitz. Ich weiß, daß ihn diese punktgenau ausgeführten Handgriffe mit einer stillen Freude erfüllen, der gleichen Freude, die ein Handwerker angesichts einer gelungenen Arbeit empfindet.

»Ich wollte dich um einen kleinen Gefallen bitten«, fange ich an, während Paolo im Zickzack auf dem Hof davonfährt.

»Nur zu, mein Lieber«, antwortet er.

»Ich weiß, daß es nicht deine Art ist und gegen deine Prinzipien verstößt.«

»Komm zur Sache«, sagt er.

»Der Direktor der Schule, auf die Paolo gehen soll, ist behindert.«

»Der also auch!« Er breitet die Arme aus.

»Ja, und er möchte in einem Verlag deines Imperiums einen Gedichtband veröffentlichen.«

Er reagiert sensibel auf dieses unpassende Wort, das jedoch seine Stimmung hebt, da es auf eine Macht anspielt, die er nicht besitzt.

»Und was habe ich damit zu tun?« fragt er.

Ich weiß, daß er klipp und klar hören will, um welchen Gefallen man ihn bittet. Das ist eine Eigenart, die ich immer mit Männern eines gewissen Alters in Verbindung brachte, bis ich erkannte, daß die Männer eines gewissen Alters nicht unrecht haben, da sie im Laufe der Jahre einige Erfahrungen gesammelt haben und es inzwischen leid sind, anderen Gefälligkeiten zu erweisen, die sie angeblich von ihnen erhalten.

»Er möchte, daß du ihn dem wichtigsten Verleger empfiehlst. Er sagt, du kannst alles.«

»Das stimmt zwar nicht, doch das kann ich schon regeln«, antwortet er. »Dem habe ich auch mal einen ziemlich speziellen Gefallen getan. Laß mir den Text zukommen.«

Er zwinkert mir verschmitzt zu, ohne noch etwas hinzuzufügen.

Ich falle aus allen Wolken.

Nun auf das Unfaßbare gefaßt, sage ich noch: »Ich nehme an, du willst ihn lesen, bevor du ihn weitergibst.«

»Aber wo denkst du hin! Gib ihn mir bald, ich rede im Laufe der Woche mit ihm. Hat dir der Text gefallen?«

»Ja.« Ich bin vollkommen perplex. »Er ist nicht schlecht.«

»Aha, nicht schlecht«, kommentiert er lächelnd. »Ich hatte auf mehr gehofft.«

»Na hör mal, nicht schlecht ist doch schon viel!«

»Und was ist dann viel?« gibt er zurück. »Laß ihn mir zukommen, und kein Wort mehr darüber!«

Er zeigt auf den Wagen.

»Würde es dir was ausmachen, ihn hinauszufahren, während ich mich von Paolo verabschiede?«

»Natürlich nicht«, antworte ich, öffne die Tür und setze mich ins Auto.

Ich fühle mich unbeschwert, sorglos, leicht. Ich schaue nach oben und entdecke in dem freien Viereck zwischen den Häusern die ersten Sterne.

Ich setze im Rückwärtsgang schnell zurück und sehe meinen Schwiegervater hinten im Hof immer kleiner werden. Wer weiß, warum ich ihn mir immer mit Gamaschen vorgestellt habe. Er hat nie welche getragen.

Signorina Bauer

Sie heißt Elisa Bauer und stammt aus Bozen. Sie ist zweiunddreißig Jahre alt. Ein behindertes Kind hatte sie noch nie in der Klasse, und sie ist sichtlich aufgeregt, als wir uns kennenlernen. Sie wollte lieber zu uns kommen, wir wohnen dreihundert Meter von der Schule entfernt.

Sie hat blondes, im Nacken zusammengehaltenes Haar und bewegt sich mit einer geschmeidigen Eleganz, die ebenso anziehend wie zurückhaltend ist. Eher sportlich als sinnlich. Sie ist schön, dabei in sich gekehrt und abweisend kühl, wie es für Frauen, die sich vor Gefühlen fürchten, typisch ist.

Während wir ihr abwechselnd von unserem Kind erzählen, hält sie den Blick gesenkt. Wir sind mittlerweile Experten darin, es in vorteilhaften Farben zu schildern. Wir lächeln locker und unbefangen. Eine falsche Taktik. Ich fürchte, sie gelangt gerade zu der Überzeugung, das Kind sei ein Monstrum. Sie hat uns gefragt, woran es leidet, und die Definition – spastische, dystonische Tetraparese – dürfte sie erschreckt haben.

Ich schließe kurz die Augen, während Franca ihr einige von Paolos Störungen erläutert. Wir machen jedesmal den Fehler, sie herunterzuspielen. Sogar bei den Ärzten, ja gerade bei ihnen. Wir passen auf, daß er vor der Untersuchung nicht müde wird, und legen ihm ans Herz, was uns selbst fehlt: Ruhe. Wir fürchten uns immer davor, daß er etwas falsch macht, und er macht mehr falsch als sonst, ganz als wollte er einen Grund für unsere

Panik liefern. Ich fürchte, wir sind die Monster, ein von Angst gequältes Paar, vereint nur in der sinnlosen Hoffnung, sie zu besiegen. Wir sollten ihn lieber in seiner schlimmsten Verfassung zeigen, um eine beschönigende Diagnose auszuschließen und eine zuverlässigere zu bekommen.

Die Ärzte reagieren mit kaum verhohlenem Unmut, wenn sie unsere Schwindeleien durchschauen. Wieviel vergebliche Mühe, um sie zu beeinflussen und zu beweisen, daß das Kind normaler ist, als sie glauben! Nie war die Wahrheit so unbeständig und schmerzhaft für uns.

Der stumme Widerstand der Signorina Bauer nimmt mir den Atem. Also sage ich, ohne nach rechts zu Franca zu sehen, deren Reaktion ich mir schon denken kann: »Ihre Aufgabe wird ungemein schwer sein. Wir wissen, wovon wir reden. Sie werden viel Engagement brauchen. Und vielleicht werden Sie bereuen, daß Sie ihn in der Klasse haben wollten.«

Das ist nicht wahr, das denke ich nicht, aber sie schaut endlich auf und wirft mir einen besänftigten Blick zu.

»Nun übertreib doch nicht!« begehrt Franca neben mir auf. Ich drücke ihren Arm, bis ich ihr weh tue, wir starren uns einen Moment wütend an, während Signorina Bauer, die den Blick wieder gesenkt und nichts von alledem bemerkt hat, sagt: »Ich glaube, das ist ein konstruktiver Ansatz. Das wollte ich von Ihnen hören.«

Franca reibt sich den Arm. Ich weiß, was mich nachher erwartet. Sie weiß es auch. Wir wissen es beide (vielleicht ist das das Eheleben). Signorina Bauer fügt hinzu: »Ich bin lieber auf das Schlimmste gefaßt als auf das Beste!«

»Da haben Sie recht!« platze ich heraus, als ginge mir gerade erst ein Licht auf.

Signorina Bauer schaut mit ihren hellen, von der

Rührung verschleierten Augen auf: »So bin ich nun mal. Mir hat das bei der Arbeit immer geholfen. Meinen Sie nicht auch, daß das günstiger ist?«

»Aber natürlich!« stimme ich ihr mit einer Begeisterung zu, mit der wir verschwenderisch umgehen, solange sie uns nichts kostet. Sie ist das, was im Atelier eines Künstlers die Besucher von den Käufern unterscheidet.

Während sie spricht, verliert sich nach und nach ihre charmante Ausstrahlung. Sie ist sachlich, konzentriert, eifrig. Was Paolo angeht, bin ich erleichtert, was sie angeht, etwas irritiert. Es ist, als hätte der Gegner beim Schach unvermutet aufgegeben, obwohl er im Vorteil war. Ich frage mich, ob sie von diesem Vergleich enttäuscht wäre. Wahrscheinlicher ist, daß sie es von mir wäre.

»Sehen Sie sich die Fotos von Paolo an«, sagt Franca.

Sie steht vom Sofa auf und geht in den Flur, wo sie eine Auswahl der gelungensten Bilder unter Glas von der Wand nimmt. Sie ist unverbesserlich, trotzdem erreicht sie ihr Ziel, wenn auch mit anderen Mitteln, als ich anwenden würde. Allerdings habe ich festgestellt, daß die Heiligkeit des Zwecks mit all seinen Schwierigkeiten auf moralischer Ebene zynisch macht.

Signorina Bauer sieht mich mit einem komplizenhaften Lächeln an, als rechnete sie auf meine Hilfe, um nicht in Sympathie zu verfallen. Franca erzählt ihr von Paolo, stellt ihn als kontaktfreudigen, unbeschwerten Jungen dar. Und am Ende lacht auch Signorina Bauer über die Schlagfertigkeit unseres Sohnes, der an der Sprechanlage auf die Frage: »Bist du's?« antwortete: »Nein!«

»Er nutzt die sprachlichen Mittel, die ihm zur Verfügung stehen«, kommentiere ich. »Wie die Vertreter der *arte povera.*«

Sie würdigt den linguistischen Einwurf mit einem professionellen Augenzwinkern. Franca fühlt sich kurz ausgeschlossen, fängt sich aber wieder: »Er achtet immer nur auf die Sprache, hören Sie nicht zu sehr auf ihn«, wirft sie fröhlich ein. »Es gibt so vieles, was nicht über die Sprache funktioniert!«

Signorina Bauer lächelt. Ich lächle auch. Es wird mindestens zwanzig Jahre dauern, bis ich begreife, daß Franca recht hat.

Das Gespräch ist unterbrochen worden. Franca ist in Paolos Zimmer gegangen, um nach dem Rechten zu sehen, bevor sie es vorzeigt.

Signorina Bauer trinkt Limonade aus einem gelben Glas. Die ganze Wohnung ist knallbunt. Die Ärztin hat uns zwar kräftige Farben für Paolos Zimmer empfohlen, doch Franca hat sie nach und nach auch auf die anderen Räume ausgedehnt. Sofas, Sessel, Stühle, Schränke, Holzpferde, riesige Bälle, Würfel und Kegel sehen nun aus wie der verspielte Hintergrund eines Zeichentrickfilms. Auch in anderen Familien mit Problemen, die unserem ähnlich sind (kein Fall ist genau wie der andere, innerhalb und außerhalb der Norm), habe ich diese unwirkliche, lustige Atmosphäre erlebt, diesen Raum, der den Kindern mit einer Großzügigkeit zugestanden wird, die sie sonst nicht kennen, sind sie doch daran gewöhnt, der Ernsthaftigkeit der Erwachsenen nur kleine Stückchen davon zu entreißen. Es ist eine melancholische Rückreise. In der künstlichen Unordnung tritt die Ordnung wieder zutage, und die Glückseligkeit des Spiels löst sich im Wissen um seine Funktion auf.

»Möchten Sie sich Paolos Zimmer ansehen?« fragt Franca, die an der Tür erscheint.

Signorina Bauer stellt ihr Glas auf die Tischplatte.

»Wie tapfer Ihre Frau ist!« sagt sie zu mir und steht lächelnd auf.

»Ja.«

Ich füge hinzu: »Das hätte nicht ausgerechnet ihr passieren dürfen.«

»Wieso gerade ihr nicht?« fragt sie. »Es dürfte überhaupt nicht passieren.«

»Es hat sie an ihrem schwächsten Punkt getroffen.«

»Oder an ihrem stärksten«, erwidert sie.

Ich höre sie im Kinderzimmer reden. Schade, ausgerechnet heute, wo Paolo nicht da ist, hat sie unverhofft angerufen, doch er war schon mit meinem Schwiegervater weggefahren. Er hat ihn neben sich gesetzt und am Sitz festgeschnallt wie eine staunende Puppe. Aber vielleicht ist es besser so, Signorina Bauer folgt einer behutsamen Einführung in die Schwierigkeiten. Sie ist der Ansicht, sie werde sie erst im Laufe der Zeit meistern können.

Ich gelange immer mehr zu der Überzeugung, daß sie die richtige Lehrerin ist, da sie für Begeisterungsstürme, für die sie wohl schon am eigenen Leib hat büßen müssen, ebensowenig zu haben ist wie für Mutlosigkeit, einem nicht weniger zu fürchtenden Feind.

Früher hätte ich ein Adjektiv wie »richtig« niemals verwendet, da es dem allgemeinen Streben nach Perfektion so einschläfernd Genüge tut. Heute dagegen gebrauche ich die schützende Sprache der Mehrheit, wie sie auch im Krankenhaus gang und gäbe ist, wo die Anpassung an den Ärztejargon die bereitwillige Fügung der Patienten in die Anonymität fördert und die Abhängigkeit von einer uns beistehenden Autorität untermauert. Auch die Behinderung wird mit einem Wortschatz benannt, der die unmittelbare Sorge besänftigt, nämlich die, zu erfahren, worum es sich handelt. Die nächste Stufe wird die Entdeckung sein, daß er sie eben nicht benennt, doch in der Zwischenzeit ist man schon einen Schritt weiter.

Es wird dunkel, hinter den Wohnzimmerfenstern sehe ich die Dächerreihen, die Wolkenkratzer und die nun erleuchteten Straßen. Dieses Panorama, das mich bei anderen Gelegenheiten beunruhigt, gibt mir jetzt ein Gefühl von Geborgenheit. Wieder ist eine Hürde genommen, Signorina Bauer kommt aus Paolos Zimmer, ihr Gesicht ist leicht erhitzt, ihre Wangen sind vom Gespräch gerötet.

»Ich muß jetzt weg«, sagt sie.

Vielleicht achte ich, wie Franca sagt, wirklich zu sehr auf die Wörter, doch »wegmüssen« ist ein Verb, das mir in diesem Moment nicht behagt, auch wenn sie vielleicht recht hat und tatsächlich weg muß, weg aus einem Zimmer voller nutzlosem Spielzeug, konkreter Verzweiflung und quälender Hoffnung.

»Ich bin Ihnen sehr dankbar, daß Sie gekommen sind.«

»Das war doch meine Pflicht«, sagt sie und wird ernst.

Sie fürchtet, man könnte es für einen Gefallen halten. Ich denke daran, wie viele Leute ihre Pflichten als Gefälligkeiten ausgeben. Die wahre Schule besteht aus den Ausnahmen, die so selten sind wie Lehrer, denen man nachweint.

»Ich begleite Sie«, sage ich zu ihr.

Wir fahren im hellerleuchteten Lift hinunter, sie zieht sich in eine Ecke zurück.

»Sind Sie schon lange an dieser Schule?« frage ich.

»Sechs Jahre.«

»Und fühlen Sie sich wohl dort?«

»Ja, vom Direktor in der ersten Zeit einmal abgesehen.«

Sie bricht ab, sie hat schon zuviel gesagt.

»Wie meinen Sie das?«

»Er war etwas zudringlich.«

Mehr sagt sie nicht.

»Und wo haben Sie vorher unterrichtet?«

»In Bozen, drei Jahre.«

»Warum sind Sie denn aus Bozen weggegangen?«

Sie zögert.

»Wegen einem Mann. Ich hatte mich in ihm getäuscht.«

Ich nicke, als wüßte ich, um wen es sich handelt.

»Er war nicht der Richtige«, fügt sie hinzu.

Vielleicht bin auch ich nicht der Richtige, wer weiß, für wie viele. Immerzu finden wir, daß die anderen nicht die Richtigen sind, und bilden uns ein, daß wir selbst diesem gemeinsamen Schicksal entgehen. Bei den engsten Angehörigen sollte man da lieber nicht nachhaken, das gibt immer böse Überraschungen.

»Sind Sie jetzt darüber hinweg?« frage ich.

»Ja, seit kurzem.«

Sie ist noch nicht darüber hinweg.

»War es etwas Ernstes?«

In diesem Zusammenhang ist »ernst« ein beliebtes Adjektiv, weil es suggeriert, die Sache an sich sei schon ernst, dabei ist sie es nur für uns.

»Ja«, antwortet sie rasch. »Die Schule war meine Rettung.«

Welche Wege die Rettung doch so geht, denke ich.

Letztendlich wird das Unglück, das sie erlebt hat, auch für Paolo wichtig sein.

»Eine große Enttäuschung, wissen Sie«, fügt sie hinzu.

»Das glaube ich.«

Verschwommene Bilder von Geschichten, die vor hundert Jahren aktuell waren und es heute noch sind.

Signorina Bauer fährt sich mit der Hand durchs Haar, als wollte sie einen Gedanken verscheuchen. Dann fragt sie: »Unterstützen Sie Ihre Frau?«

»So lala«, antworte ich und senke den Kopf.

»Was soll das heißen: so lala?«

Wir sind im Erdgeschoß. Ich öffne die Kabinentür vor ihr, sie tritt in den dämmrigen Vorraum. Ich sage: »Manchmal bin ich abwesend.«

»Körperlich, meinen Sie?«

»Körperlich und geistig.«

Sie dreht sich um.

»Und das sagen Sie so ohne Gewissensbisse?«

»Nein, das sage ich mit Gewissensbissen.«

»Und warum tun Sie dann nicht mehr?«

Wir gehen die drei Stufen zum Eingang hinunter.

»Ich nehme an, weil ich egoistisch bin«, antworte ich, während ich die Glastür für sie öffne. Aber ich merke, daß diese Antwort zu simpel ist. Die eigenen Fehler zuzugeben ist auch das beste Alibi, um sie zu wiederholen.

Signorina Bauer läßt sich jedoch nicht ablenken: »Gibt es nicht noch einen anderen Grund?«

Ich habe das deutliche Gefühl, daß sie mich einem Verhör unterzieht. Wer gibt ihr das Recht dazu? Ich wahrscheinlich. Nie kann man uns leichter eine Schuld zuweisen, als wenn wir uns selbst schuldig fühlen.

»Es ist auch eine Frage des Kräftehaushalts«, antworte

ich. »Zum Beispiel wäre ich ein denkbar schlechter Lehrer für Paolo.«

»Ach wirklich?« fragt sie ungläubig.

Signorina Bauer wird immer unnachgiebiger. Sie rächt sich an mir für das Unrecht, das sie erlitten hat.

»Ja, das habe ich gemerkt. Ich werde aggressiv, unruhig, ungeduldig.«

»Und wenn Sie sich nun bemühten, sich zu ändern?«

»Das kann man nicht. Oder man kann es, läßt aber auch den anderen dafür bezahlen. Das Ergebnis ist für beide Seiten unersprießlich.«

Wir gehen durch den lauen Abend.

»Wohin wollen Sie, Signorina Bauer?«

»Zur U-Bahn.«

Nach ein paar Schritten dreht sie sich um: »Und auf welche Gebiete verteilen Sie Ihre Kräfte sonst noch?«

Ich lächle: »Hören Sie, so habe ich das nicht gesagt.«

Es ist schon kurios, daß ich mich auf dem Corso Buenos Aires bei Sonnenuntergang im Gedrängel der Passanten vor der Lehrerin meines Sohnes verteidigen muß.

»Was wollten Sie denn sagen?« fragt sie unerbittlich.

»Daß ich nur einen Teil von dem tue, was ich tun könnte. Doch ich weiß, daß die Alternative ein Fiasko wäre.«

»Und Ihre Frau?«

»Nein, sie tut fast alles.«

Ich vermeide es, sie anzusehen, um mir ihr triumphierendes Lächeln zu ersparen. Ich kenne diese weibliche Solidarität, die einen nicht unerheblichen Vorteil auf ihrer Seite hat, nämlich eine gehörige Portion Recht. Darum halte ich mich für gewöhnlich an den Rest.

»Und sie bittet Sie nicht, mehr zu tun?«

»Nein, das wäre schlimmer.«

Signorina Bauer zieht auf dem überfüllten Gehweg aufdringliche Blicke auf sich, man dreht sich nach ihr um. Sie schützt sich mit einer ostentativen Gleichgültigkeit davor, wie sie für jemanden typisch ist, der dergleichen überbewertet.

»Ihre Frau ist zufrieden.«

Es ist nicht klar, ob das eine Frage oder eine unwillige Feststellung ist.

»Nein. Aber wissen Sie, das ist nicht der Punkt.« Ich spreche mit einiger Mühe und entdecke gerade, was ich denke. »Der Punkt ist, daß wir die Grenze unserer Abwehrkraft erreicht haben. Wenn ich mir Freiräume bewahre, oder sagen wir ruhig Privilegien, kann ich durchhalten.«

»Sonst würden Sie sich aus dem Staub machen«, fährt sie dazwischen. »Ist es das, was Sie meinen?«

Sie läßt mir keine Zeit für eine Antwort. »Viele Männer tun das in solchen Situationen.«

»Warum denken Sie so schlecht von mir?«

»Aber ich denke ja gar nicht schlecht von Ihnen.«

»Vergessen Sie die Institution nicht, die die Neurosen noch verdoppelt.«

»Und die wäre?«

»Die Ehe, Signorina Bauer, lächeln Sie nicht.«

Ich habe sie zu fassen bekommen. Ich fühle mich besser.

Sie sagt: »Ich hätte nicht gedacht, daß Sie so über die Ehe denken.«

»Und ob Sie das dachten!« sage ich laut. »Sonst hätten Sie nicht so viele Anschuldigungen gegen mich parat gehabt.«

»Das sind keine Anschuldigungen«, widerspricht sie, denn Signorina Bauer weiß, wie sie reagieren muß. »Es sind Fragen, die klären sollen, wie die Arbeit mit dem Kind verteilt ist.«

»Ungleichmäßig«, antworte ich. »Das ist die Wahrheit. Ich bin nicht froh über diese Feststellung, doch so ist es nun mal.«

Ich habe zu einem resignierten Stolz auf mein Unrecht zurückgefunden. Und ihr Ton ist ruhiger geworden. Solange sie Gericht hielt, fühlte sie sich unverwundbar. Doch als Anklägerin betrachtet zu werden hat sie vorsichtiger gemacht.

»Die Situation ist sehr kompliziert«, sage ich weiter. »Sehr belastend. Zum Glück habe ich nicht das Gefühl, daß das Kind sehr viel davon mitbekommen hat. Auf jeden Fall können Sie jederzeit mit mir sprechen.«

»Einverstanden«, sagt sie und bleibt an der U-Bahn-Treppe stehen. Ihre Wangen glühen, und der Ausdruck ihrer Augen ist sanfter.

Mit beiden Händen nehme ich ihre Hand und drücke sie kurz.

»Wir könnten uns duzen«, sage ich. Und mit einem irritierenden, wenngleich verspäteten Gefühl für das Komische füge ich hinzu: »Unter Lehrern.«

»Später«, antwortet sie.

Jetzt ist sie wieder Signorina Bauer.

Als sie die Treppe hinuntergeht, bleibt sie auf einer Stufe stehen, dreht sich um und winkt. Ich stehe auf dem Bürgersteig und sehe ihr nach, bis sie im Dunkel des Tunnels verschwindet.

Ein rosiges Licht strahlt über dem Corso Buenos Aires und erhellt die Gesichter der Passanten, die aus dem Schatten tauchen.

Verwirrt kehre ich nach Hause zurück. Ich bin erschöpft und benommen, als hätte ich eine Schlacht geschlagen: zunächst für Paolo und dann für mich.

Paolos Sache ist gewonnen, diesmal jedenfalls. Und meine? Ich habe versucht, Signorina Bauer zu überzeugen, doch wen wollte ich da überzeugen? An diesem strahlenden Abend habe ich mit Tränen in den Augen die Gewißheit, daß ich es nie schaffen werde.

Der Go-Kart

Er fährt mit dem Go-Kart zur Schule. Der Go-Kart war Francas Idee.

Wenn sie mit ihm in seinem blauen Kinderwagen in den Park ging und sich zwischen Eisverkäufern und Händlern mit bunten Luftballons, Kindern, die sich im Gras wälzten, Müttern, die nach ihnen riefen, und Joggern, die über den knirschenden Kies liefen, auf die Bank vor dem Brunnen setzte, sah sie mit einer Qual, die ich erst heute ermessen kann, stets das gleiche Bild. Damals dachte ich nicht darüber nach, vollauf mit dem eigenen Überleben beschäftigt, doch ebenso – ich erliege nicht der moralistischen Genugtuung, mich ganz klein zu machen – mit dem der Familie, das eine grausame Haushaltung mit unseren Kräften verlangte (das jedenfalls war damals meine Rechtfertigung). Doch in dieser unbeschwerten, heiteren Umgebung gab es etwas, was ihre Aufmerksamkeit erregte: die Tretautos, die sich zwischen den Beinen der Leute durchschlängelten und mit ruckartigen Ausweichmanövern auf den Parkwegen herumkarriolten, mit Kindern am Steuer, die von diesen Miniaturausführungen der Go-Karts mit Motor begeistert waren. Man konnte sie unter den Platanen vor der grauen Kuppel des Observatoriums bei einem Parkplatzwächter ausleihen. Maulfaul und abweisend, hatte er nicht verraten wollen, woher er sie bezog, da er sich vor einer wie auch immer gearteten Konkurrenz fürchtete. Feiglinge wittern überall Gefahr und erfinden sie sogar, um das Vergnügen, sie zu umgehen, noch zu erhöhen. Eine vergebliche Mühe, denn die Angst kommt von innen, wie der unstillbare Durst der Wassersüchtigen.

Dieser ungehobelte Widerling hatte aber meinem Schwiegervater (einem Mann, nicht einer Frau!) auf dessen Anfrage die Autowerkstatt genannt, die die Go-Karts umbaute. Von dort aus war es nicht schwer, die Herstellerfirma ausfindig zu machen.

Als Alfredo das Tretauto im Hof entdeckte, rot und funkelnd, mit tief eingeschnittenen Kerben in den kleinen Reifen wie bei einem richtigen Rennwagen, machte er kein Hehl aus seinem Ärger. Er hatte es sich zweimal hintereinander zu Weihnachten gewünscht, als er sechs und sieben Jahre alt war, doch wir erhörten ihn nicht. Nun schaffte er es nicht mehr, sich hineinzuzwängen, und seine Mutter wies ihn vom Balkon aus zurecht, indem sie ihm sein Alter vorhielt. Wahrscheinlich litt er darunter, als hätten wir ihm eine Kindheit gestohlen, die er nicht hatte genießen können. Einmal trat er heftig gegen einen Reifen, und ich versetzte ihm augenblicklich eine Kopfnuß – wie mir bewußt wurde, auf die gleiche Stelle wie damals mein Vater bei mir, als ich das Glas mit den Fischen zerbrochen hatte. Während Alfredo verzweifelt weinte, erkannte ich, daß wir, ohne es zu wollen (wie sehr das Unbewußte uns doch behilflich ist!), unseren Kindern stets die Gewalt antun, die wir schon durch unsere Väter erfahren haben. Die Abhandlungen der Kriminalistik sind voll davon, doch die Abhandlungen der Renaissance über die Familie schweigen darüber.

Paolo wurde problemlos in das Auto gesetzt, doch am Anfang kam er so gut wie gar nicht vorwärts. Abwechselnd mit beiden Füßen zu treten war für ihn kein Instinkt, sondern eine Errungenschaft. Ich beobachtete vom Fenster zum Hof aus, wie er mit sprunghaften Sätzen loshoppelte, auf die lange, mutlose Pausen folgten. Manchmal verfluchte ich das Leben, mit leiser Stimme, um nicht gehört zu werden. Aber von wem?

Paolo legte den Kopf auf das Lenkrad, ich konnte nicht erkennen, ob mit einem Gefühl der Ohnmacht oder vor Erschöpfung nach einer allzu großen Anstrengung. Ich erinnere mich an eine junge Krankengymnastin, die die Strapazen behinderter Kinder bei der Bewältigung einer Treppe mit denen alter Menschen verglichen hatte. »Verstehen Sie jetzt?« fragte sie uns. Wir nickten, dabei waren uns die Alten auf der Treppe genauso fremd wie die behinderten Kinder. Erst wenn wir an unserem Körper das Werk der Zeit entdecken, wird die Qual für uns verständlich und das Fremde vertraut. Wir alle wissen, daß wir altern, doch das Alter, sagte Trotzki einmal, sei das überraschendste Ereignis gewesen, das ihm nach seinem fünfundvierzigsten Geburtstag passiert sei. Was für einen Theoretiker der permanenten Revolution ein Geständnis ist, das man nicht unterschätzen sollte.

Was die Ermüdung der Muskeln anging, gab uns die Krankengymnastin noch andere Beispiele. Ihre assoziativen Fähigkeiten, die ausgesprochen wechselhaft und manchmal irritierend waren, brachten uns aus dem Konzept. Wir grübelten über mißlungene Vergleiche nach, und von Bildern abgelenkt, die nicht zusammenpaßten, verstanden wir noch weniger, was sie uns sagen wollte. Doch bei anderen Gelegenheiten, wenn sie mit eindrucksvoller Mimik gestikulierte und mit unerwarteter Begeisterung redete, konnten wir uns mit ihrer Hilfe nicht nur den Problemen der Behinderung nähern, sondern auch den Problemen von Situationen, die mit der Behinderung nur indirekt zu tun hatten. Bis wir schließlich begriffen, daß indirekt alles mit der Behinderung zu tun hat. Und wenn wir sagen, daß die Erfahrung uns hilft, die Behinderung zu verstehen, haben wir das Entscheidende noch nicht gesagt, nämlich daß die Behinderung uns auch hilft, uns selbst zu verstehen.

So erzählte sie uns, daß das Training der Muskeln mit den Etappen der Tour de France zu vergleichen sei. Die Radsportler fahren Tag für Tag weiter und »sehen« die Berge nicht, die vor ihnen liegen. Könnten sie »sehen«, daß sie, zusammengenommen, den Gipfel des Mount Everest übersteigen, würden sie darauf verzichten wollen, das Dach der Welt zu erobern, und ständig zurückschauen. Die Konzentration auf das Teilziel ermuntert dazu, nicht auf das Endziel zu achten und es gerade dadurch, zumindest in vielen Fällen, zu erreichen.

Durch Paolo wurde der Go-Kart zu einem unnormalen Auto, zu einer mechanischen Projektion des Jungen. Franca stellte fest, daß er jedesmal Fortschritte machte, ich dagegen, daß er zuwenig Fortschritte machte. Doch bei mir war dies weniger eine Feststellung als pure Angst. (Wie oft verwechseln wir Angst mit einer Feststellung!) Nach drei Monaten kurvte Paolo auf dem Hof mit kecken Ausweichmanövern an den Pfeilern des kleinen Säulengangs vorbei. Dieses Kunststück schien ihm zu gefallen, denn er wiederholte es mit immer kleineren Abständen zu dem Hindernis. Dann übte er das Rückwärtsfahren und probte Zusammenstöße, die ihn fast vom Sitz schleuderten. Nach vier Monaten war er fähig, durch das Tor hinauszufahren.

Er bewegte sich im Zickzack auf dem Gehsteig zwischen Passanten, die verständnisvoll lächelnd beiseite traten, und anderen, die sich mit finsterem Mißtrauen umdrehten, um festzustellen, ob der Eindruck, den sie eben gewonnen hatten, auch richtig war.

In den Kindergarten kam er durch ein Seitentor. Er mußte eine Schräge hinauf und schaffte es, indem er kräftiger in die Pedale trat. Dann machte er sich triumphierend an die Abfahrt und ließ die Pedale herumwirbeln, bevor er sie mit den Füßen wieder bremste und das Auto ins Schleudern geriet oder abrupt stoppte. Franca, die ihm nachlief, schimpfte ihn jedesmal aufs neue heftig und wohlmeinend aus. Es liegt etwas Rituelles und Hypnotisches in Vorwürfen innerhalb der Familie, die ehelichen eingeschlossen: die durch die Unduldsamkeit erlangte Gewißheit der Kontinuität.

Der Go-Kart war ein Lichtblick in Paolos Kindheit. Die Hausmeisterin verwahrte ihn unter der Treppe in einer Kammer mit Vorhängeschloß. Unter den sehnsüchtigen Blicken der Kinder des Kindergartens verwandelte er eine Unterlegenheit in eine Überlegenheit. Es war nur eine vorübergehende Empfindung, doch wenn man es recht bedenkt, auch nicht illusorischer als andere Gefühle, die wir für dauerhaft halten.

Heute, als ich ihn im Keller wiederfand, machte er einen anderen Eindruck auf mich. Ich tastete mich auf dem unebenen Boden in dem staubigen Dunkel vorwärts, das von einem schräg durch einen Spalt einfallenden Lichtstrahl durchschnitten wurde. Dort stand er unter einem Spinnwebenschleier in einer Ecke, verrostet, schmutzig, nutzlos. Er wirkte wie ein fossiles Skelett, und ich hatte Angst, ihn zu berühren, als wären dies die Trümmer eines Traums.

Ist ein Kind wichtiger als ein Jet?

»Machen Sie denn beim Schreiben nie einen Fehler?« fragt mich der Arzt halb verschwörerisch, halb spöttisch.

»Doch«, antworte ich. »Aber das ist nicht das gleiche.«

»Tja.« Sarkastisch mustert er die kleine Runde, die ihn bedrängt. »Es ist nie das gleiche. Fehler machen immer nur die anderen.«

Er steckt in einer unangenehmen Lage und arbeitet fleißig darauf hin, sie weiter zuzuspitzen. Leute wie er sind mir nicht unsympathisch. Die Feindseligkeit und die Antipathie, die sie von Natur aus wecken, spornen sie an und hetzen sie auf. Sie neigen dazu, sich von der miesesten Seite zu zeigen, und leider gelingt es ihnen auch. Doch sie sind nicht die schlimmsten.

Dieser Kinderarzt hat sich bereit erklärt, die Eltern der Rehabilitationsklinik anzuhören, die die Unzulänglichkeiten der medizinischen Betreuung vor, während und nach der Geburt anprangern. Dazu gehört Mut.

Es sind harte, verbitterte Berichte, Klagen, die in der langen Zeit, die die Angst dem Nachdenken reserviert, mürbe geworden sind. Die Freude ist flüchtig und kennt nur eine Sorge: nicht zu entschwinden. Doch der Schmerz, der seine Ursache nicht dem Verhängnis anlasten kann und die Nachlässigkeit und den Zynismus der Menschen anklagen muß, kommt nie zur Ruhe.

»Wir sind heute abend nicht zusammengekommen, um Gerichtsprozesse anzustrengen«, hat die Ärztin vorausgeschickt. »Es geht lediglich um Aussagen zu einem möglichen ärztlichen Verschulden an der Behinderung. Obwohl hier ein statistischer Fehler vorliegt: Die Gruppe besteht ausschließlich aus Menschen, die nicht vom Schicksal begünstigt sind.«

Sie lacht ihr kurzes Lachen, einem Schluckauf nicht unähnlich, das ins allgemeine Schweigen fällt. Diese Reaktion ist typisch für sie, sie will Solidarität mit den Eltern signalisieren und eine Ärzteschaft verteidigen, die sie nicht mit sarkastischen Bemerkungen verschont.

»Ich wage mich in die Höhle des Löwen«, witzelt der Gast mit einem Lächeln, das niemand erwidert.

In den Elternberichten ist von voreiligen und brutalen Diagnosen die Rede, die mit einer Unerschrockenheit geäußert werden, die ihre Rechtfertigung gern in der Ethik fände, statt dessen aber aus deren Vernachlässigung erwächst (»Es ist besser für Ihr Kind, wenn Sie über eine Anstalt nachdenken«). Aber auch an unverantwortlich optimistischen Diagnosen fehlt es nicht, die sich der Strapaze entziehen, sich mit der Gegenwart auseinanderzusetzen (»Machen Sie sich keine Sorgen, die Zeit heilt alle Wunden«). Kinderärzte, die sich nicht in der Kinderneurologie auskennen, und Klinikärzte, die keinen blassen Schimmer von Rehabilitationstherapien haben.

»Problematisch ist aber nicht nur die mangelnde Ausbildung der Ärzte«, meldet sich mit seiner heiseren Stimme Signor Colnaghi zu Wort, »sondern auch ihre Inkompetenz.«

»Wo ist denn da der Unterschied?« erkundigt sich der Kinderarzt mit betontem Erstaunen.

»Wenn einer seine Grenzen kennt, wendet er sich an einen Spezialisten«, antwortet Signor Colnaghi und schaut Zustimmung heischend zur Ärztin hinüber. »Wenn er sie aber nicht kennt, stellt er die Diagnose selbst. Sehen Sie, wohin das führt?«

Die Ärztin ergänzt eindringlich: »Hier kommen Kinder im Alter von vier, fünf Jahren an, manche sind noch älter! Wertvolle Zeit ist vertan, ein einziger Spezialist hätte genügt.«

Der Arzt hört ihr mit professioneller Ungerührtheit zu, ohne zu antworten.

»Was meinen Sie, Signor Frigerio?« Die Ärztin wendet sich an mich. »Ist das eine Frage der Bildung?«

»Das glaube ich durchaus.« Ich fühle mich wie ein Schüler, der aufgerufen wird, das zu bestätigen, was der Lehrer sagt. Es ist eine Textvorgabe, die mich in Verlegenheit bringt, besonders dem Gastgeber gegenüber. Immer sind wir aufgerufen, eine Rolle zu spielen, die nicht unsere ist. »Ich glaube, daß Bildung die Ahnung davon ist, was man nicht weiß.«

Ohne es zu wollen, bin ich ein kleiner Sokrates geworden (das kommt vor, wenn wir in der Öffentlichkeit reden). Ich versuche verzweifelt, die Kurve zu kriegen: »Ein Arzt muß vorsichtig sein, weil er sich nicht irren darf. Er muß andere zu Rate ziehen, die Rolle des Unwissenden spielen. Er darf einem Menschen keinen lebenslänglichen Schaden zufügen!«

»Kommen wir zum Ausgangspunkt zurück.« Der Arzt verschränkt die Arme. »Irren Sie sich nie?«

»Aber ich habe doch einen anderen Beruf!« erwidere ich aufgebracht. »Wenn ich ein Komma falsch setze, merkt das vielleicht einer von zehn. Es macht überhaupt nichts. Doch wenn man sich bei einem Kind irrt, wird es hirngeschädigt! Ich bin kein Arzt. Ich bin auch kein Jet-Pilot.«

»Was hat denn ein Jet damit zu tun?« fragt er bissig.

»Dem Piloten eines Jets wird kein Versehen unterlaufen, jedenfalls nicht bei der Landung, sonst würden weder er noch die Passagiere überleben.«

»Sie wollen also ein Kind mit einem Jet vergleichen?«

»Nein, ich vergleiche die beiden Piloten.« Mein Herzschlag wird schneller, das Blut klopft mir in den Adern. Es ist offensichtlich, daß ein Kind für ihn weniger zählt als ein Jet. »Warum wollten Sie Arzt werden? Wer einem Kind auf die Welt hilft, sitzt am Steuer eines Jets.«

Der Arzt hat den Kopf gesenkt, er hat meine Erregung bemerkt. Er sieht ein, daß dies nicht der geeignete Moment ist, um mir zu widersprechen. Auf diese Weise lösen viele Leute Probleme.

Ich versuche, mich zu beherrschen: »Ein Kind ist wichtiger als ein Jet.«

»Da haben Sie recht«, sagt er geduldig und sieht mich ehrlich erstaunt an.

Gehversuche

Ich lasse plötzlich los, in der Mitte des Flurs, und er hält sich wankend auf den Beinen, als klebte er mit den Gummischuhen am Teppich fest, bis sich seine Hand an der rechten Wand abstützt, damit er nicht fällt. Er stürzt trotzdem vornüber auf die Knie und sieht mich an, während ich von der Armbanduhr aufschaue.

»Zwölf Sekunden!« sage ich. »Los, Paolo, wir versuchen es noch mal.«

Ich helfe ihm auf, er läßt sich wieder fallen, als wären seine Kräfte verbraucht, ein schrecklicher Eindruck, dabei tut er es nur, um sie aufzusparen, das habe ich erst später begriffen. Wie viele Dinge begreifen wir erst später, die der Schwache mit der klaren und weitsichtigen Ökonomie seiner Mittel schon viel früher erkennt.

Er steht wieder aufrecht da, ich lasse ihn kurz los, doch er fällt mit weit aufgerissenen Augen nach hinten, als sei er von einem Stoß überrascht worden. Ich erwische ihn noch am Arm, sein träges Gewicht zwingt ihn zu einer halben Drehung, bevor es ihn gegen die Wand schleudert und zu Boden gleiten läßt wie eine schlakkernde Marionette. Er braucht lange, um seine Arme zum Abfangen des Sturzes einzusetzen und alle Bewegungen bewußt zu erlernen, die die sogenannten Reflexe eigentlich ganz von allein ausführen. Er hat das Wissen des Körpers verloren und muß es mit dem Kopf rekonstruieren. Die Arbeit von Jahrmillionen in nur einem Jahrzehnt: indem er Natürlichkeit simuliert, Rechtzeitigkeit imitiert und Spontanität nachahmt. Die zweite Geburt in einer Welt, für die auch wir nun behindert werden.

Franca stürzt auf den Flur: »Hörst du wohl damit auf, das Kind hinfallen zu lassen?«

Eine Elternversammlung

Eine Mathematiklehrerin, gelassen und drall, legt in unserer kleinen Gruppe ein berufliches Problem dar, wobei ihre zarten Hände flink durch die Luft huschen. Es ist offenbar, daß sie sich gern selbst reden hört und deshalb vorausschickt, sie wolle unsere Meinung hören. Das funktioniert immer.

Ich werde ihre gewählte Sprache hier *vereinfachen,* die vor syntaktischen Geziertheiten und vornehmen Einschüben nur so strotzt und die mit dem in wohltönender Unbekümmertheit hingeworfenen Substantiv »Idiolekt« bestens beschrieben ist. *Vereinfachen* war (so angekündigt!) immer eines der despotischen, aber auch tröstlichen Vorrechte des allwissenden Erzählers, das früher auch von mir so geschmäht wurde (im Grunde weiß er nämlich so gut wie nichts).

Das Problem ist folgendes. Ihr dreizehnjähriger Sohn, verhaltensgestört und mit Konzentrationsstörungen (wie mir meine Gruppennachbarin in brutaler Kürze, doch eindrucksvoll ins Ohr flüstert), kann ihr nicht folgen, wenn sie Mathematik mit ihm übt und ungeduldig wird.

»Und was tun Sie dann?« fragt die ebenfalls ungeduldige Ärztin.

»Ich gebe ihm eine Ohrfeige, aber danach geht es mir schlechter als ihm.«

Mir kommt in den Sinn, daß es für Egozentriker typisch ist, sich nicht nur das größte Verdienst, sondern auch die größte Schuld zuzusprechen.

»Das genügt nicht!« tadelt die Ärztin. »So etwas macht man nicht!«

»Ich weiß!« gibt sie reumütig zu. »Deshalb wollte ich ja Ihre Meinung hören. Ich weiß nicht, warum ich mich so verhalte.«

Ich habe mich immer vor Mathematiklehrerinnen gefürchtet. Sogar wenn sie nachsichtig waren, wenn sie bei etwas, was ich nie verstehen würde, auf eine anschließende Erklärung verwiesen, ruhig und einleuchtend dargelegt. Ja, besonders dann war ich von Panik erfüllt, weil meine Schuld noch größer wurde. Ihr Wissen war eine Form von diszipliniertem, periodischem Terror.

»Unterbrechen Sie die Übungsstunde!« empfiehlt ihr die Ärztin leichthin. »Gehen Sie etwas trinken, entspannen Sie sich. So dürfen Sie nicht mit Ihrem Kind umgehen!«

»Natürlich nicht!« antwortet sie und heuchelt unbezwingbare Besorgnis. »Doch ich wüßte gern«, sie faltet die Hände, »wo die Ursachen für meine Reaktionen liegen. Ich habe da so eine Ahnung, aber ich hätte gern Gewißheit.«

Dabei kennen sie die Antwort immer. Sie suchen nur ein Publikum, das ihnen zuhört.

Nahezu flehend fährt sie fort: »Es ist Haßliebe, meinen Sie nicht?«

Und weiter: »Das ist es, was wir für unsere Kinder empfinden. Wir lieben sie zu sehr!«

Wie viele Mütter, die dies gar nicht empfinden, trägt auch sie eine heldische Form der Mutterliebe zur Schau. Mir fällt der Satz eines amerikanischen Erziehungswissenschaftlers ein, der einmal sagte: »Sie wollen mehr für Ihre Kinder tun? Dann tun Sie weniger.«

Die Gruppe hört mit verlegenem Schweigen zu. Manchmal halten uns erpresserische Worte davon ab, die Abscheu zu zeigen, die sie hervorrufen.

Die Ärztin sieht mich hilfesuchend an:

»Und Sie, Signor Frigerio? Sie sind Lehrer und haben bestimmt auch Ihren Sohn unterrichtet, was sagen Sie dazu?«

»Nein, ich habe ihm nur wenige Stunden gegeben. Und zwar genau aus den Gründen, die diese Dame angesprochen hat.«

»Haben Sie ihn geohrfeigt?« fragt die Ärztin mit ihrer spöttischen Fröhlichkeit.

»Nein, doch es gibt schlimmere Kränkungen als eine Ohrfeige. Da reicht schon ein Blick, da reicht eine Verärgerung.«

Erfreut darüber, jemanden gefunden zu haben, den sie unvorsichtigerweise für einen Verbündeten hält, eifert die Lehrerin: »Und das passiert uns ausgerechnet mit den eigenen Kindern, die uns doch das Liebste sind! Und nicht mit den anderen, denen wir auch Privatstunden geben.«

Ich antworte ernst: »Da haben Sie einen wichtigen Punkt angeschnitten.«

»Und der wäre?«

»Zuallererst ist der Unterricht kein normaler Unterricht. Sie erhalten keinerlei Lohn.«

Die Lehrerin sieht mich entgeistert an.

»Das ist eine erste Frustration, die wir nicht ignorieren dürfen«, fahre ich fort.

»Sie sind ja ein Zyniker!« empört sich die Lehrerin.

»Nicht ich bin das Problem«, rede ich weiter. »Der Unterricht ist das Problem. Glauben Sie mir, ein unentgeltlicher Unterricht muß durch andere Dinge kompensiert werden, an deren Stelle hier jedoch nur neue Frustrationen treten, weil der Schüler nichts versteht.«

Ich freue mich, daß ich so gelassen bin.

»Zu diesen Frustrationen kommt eine noch größere Enttäuschung, weil der Schüler unser Kind ist.«

»Die Haßliebe, die ich vorhin meinte!« insistiert die Lehrerin.

»Nein«, sage ich mit gesenktem Kopf. »So würde ich das nicht nennen. Ich würde Haß dazu sagen. In dieser Situation hassen Sie Ihren Sohn, und damit basta. Es ist der pure Haß.«

»Wie bitte?«

Sie hat sich an die Ärztin gewandt, die sich aber nicht äußert.

»Sie brauchen uns nichts zu erklären«, sage ich. »Sie schlagen ihn. Lieben tun Sie ihn später. In dem Augenblick aber hassen Sie ihn.«

Wieder wendet sie sich an die Ärztin: »Was sagen Sie denn dazu? Stimmt es, daß ich so empfinde?«

»Warum suchen Sie immer die Bestätigung der anderen?« erwidert die Ärztin. »Konzentrieren Sie sich auf das, was Sie selbst fühlen.«

Rettung am Meer

Jetzt, da die Sprechstunde vorbei ist, die Lichter im Turnraum gedämpft sind, die Krankengymnastinnen sich in der Garderobe umziehen und sie eine Bruyèrepfeife raucht, die so kantig wie ihr hageres Gesicht ist, erzähle ich der Ärztin in ihrem gläsernen Büro von einem Erlebnis, das ich in der letzten Augustwoche in Fano hatte.

Ein Freund aus Ancona ist zu Besuch, und wir gehen mit unseren beiden Familien ans Meer, was wie eine Szene aus einem Lesebuch des 19. Jahrhunderts anmutet. Ein peitschender Wind fegt über die Küste und treibt hohe Wellen gegen die Steinbarrieren, die winzige Buchten umschließen. Kein Mensch badet, die rote Sturmfahne flattert über dem verlassenen Strand. Doch ich, von einem kindischen Drang nach Provokation und Angeberei getrieben, ich, der ich mich für einen guten Schwimmer halte, während mein Freund eher schmächtig ist, ich, von Francas bissigen und wohlvertrauten Schimpfworten begleitet, schwimme mit wenigen Stößen bis an die Öffnung der Bucht, wo sich mit ohrenbetäubendem Getöse die Wellen brechen. Sofort werde ich aufs offene Meer hinausgesogen, sehe die hüglige Küste über den Brechern auftauchen und hinter den Wassermassen verschwinden, die mich mit einem heftigen Aufschäumen verschlingen. Ich halte mich an der Oberfläche, indem ich die Arme ausbreite und mit den Beinen strample. Sich von der Strömung hinaustreiben lassen, kann ich noch denken, sinnlos, gegen sie anzuschwimmen, Erinnerungen an aufreibende und vergebliche Kämpfe, ein Schwall Wasser dringt mir in die Kehle, ich müßte es an einem anderen Küstenstück noch mal versuchen. Das Ufer blitzt flüchtig in einem weißlichen, gewittrigen Licht auf, die Klippen rücken in die Ferne. Da höre ich einen schwachen Schrei, sehe Carlo in einem strudelnden Wellental, er ist von Panik erfüllt, entsetzt, ruft mich mit einer unkenntlichen Stimme, ich schwimme zu ihm, eine Welle stürzt auf mich nieder, ich tauche auf, packe ihn am Arm. Sein Gesicht ist grün, der Mund zu einem irren Lächeln verzerrt. Ich greife ihm unter die Achseln, sage: Ruhig, Carlo, bleib ruhig. Er leistet keinen Widerstand, klammert sich nicht an mich, ich empfinde Dankbarkeit, schlucke Salzwasser, das Meer reißt gähnende Abgründe auf, ragt hoch über uns, wieder schlucke ich Wasser, während ich in der Gischt zum Licht aufsteige, er ist wie gelähmt, doch nahe bei mir. Erneut unter Wasser, stemme ich ihn an den Hüften hoch. Als ich wiederauftauche, sehe ich jäh die noch fernere Küste zwischen den Spritzern, es ist aus, ist idiotisch, ist aus, wir können uns nicht beide retten, und ich kann ihn nicht allein lassen, wir werden beide sterben, noch vor fünf Minuten war ich am Strand. Die Welle hebt uns hoch, ich versuche, ihn am Arm festzuhalten, er gleitet hinab und verschwindet plötzlich, ich spüre seinen Körper zwischen meinen Beinen, umklammere ihn, sinke nach unten, stoße ihn hoch, gelange an die Oberfläche, keuche, wir sind noch weiter draußen, das kommt von der Strömung, die Wellen sind größer. Wieder packe ich ihn an den Hüften, doch mir geht die Luft aus, ich strample mich vergeblich ab, umarme ihn, seine Augen sind glasig. Die aufgetürmten Wogen jagen über uns hinweg, der Strand ist ein zeitweise aufblinkender Streifen, so stirbt es sich also, ich sehe einen schwarzen Punkt auf dem Wasser, die Oberfläche steigt, bäumt sich auf, der Wellenkamm bricht sich über uns, der Punkt ist größer geworden, es ist ein Wasserschlitten, ein Mann schreit, flucht, stemmt sich gegen die Ruder, das Boot gerät aus dem Gleichgewicht, droht zu kentern, fällt auf den Sturzwellen zurück, kommt dennoch vorwärts, es ist schnell, ich erkenne den Bademeister. Halt durch, Carlo, wir schaffen es, er regt sich nicht, besser so, ich komme wieder zu Kräften, das Boot hüpft auf den Wellen, doch es nähert sich beständig, nur noch wenige Meter. Ihr Scheißkerle! schreit der Bademeister, ich weiche der Spitze einer Kufe aus, der Bademeister setzt zurück. Nimm ihn an den Beinen! schreit er mir zu, ich hebe Carlo hoch, er ist steif wie ein Leichnam, er schafft es, ihm unter die Arme zu greifen, zerrt ihn aus dem Wasser und hievt ihn an Bord, rutscht dabei nach hinten, fällt aber nicht hin. Verdammte Idioten! schreit er, er kocht vor Wut. Halt ihn fest! schreit er mich an. Er steuert vorwärts, die Bucht kommt näher, die Kufen sinken in die Wellen, die über meinen Kopf hinwegschwappen, ich sehe eine Menge Blasen, atme, schlucke Wasser, doch bei einem plötzlichen Stoß lasse ich los. Das Boot hat eine Klippe gerammt, der Bademeister flucht, kann es aber wieder flottmachen, ein Ruder zerbricht, eine Welle befreit uns, hebt uns hoch, bevor sie uns in die Einmündung zwischen den Steinbarrieren schleudert, wir fliegen wie auf einer Stromschnelle dahin, stürzen hinab, sind im Hafen, hier ist das Wasser ruhig, das Tosen fern. Ich schließe die Augen.

»Du Idiot!« höre ich Franca schreien, wir sind wirklich im Hafen, ich berühre den sandigen Grund.

»Carlo!« schreit Veronica und läuft ins Wasser, als wäre er tot.

»Er ist bewußtlos!« ruft ihr der Bademeister zu und hüpft im Schlußsprung auf den Strand.

Ich stütze mich mit den Armen auf eine Kufe des Wasserschlittens, während Leute zu uns eilen und Carlo an den Strand tragen. Ich bin am Leben, ausgelaugt, selig, wacklig auf den Beinen.

»Unverantwortlich!« höre ich den Bademeister verächtlich schimpfen, der vor den anderen nur auf mich zeigt. Beim Übergang vom Meer aufs Land haben sich die Flüche in Vorwürfe verwandelt. Franca wartet mit Paolo und Alfredo auf dem Holzsteg vor den geschlossenen Umkleidekabinen. Bebend versucht sie im Profil, Entrüstung, Anteilnahme, Mitleid und Groll auszudrükken. Es gelingt ihr ziemlich gut. Alfredo fühlt sich durch sein Alter zu einem überlegenen Schweigen befugt. Paolo, der zwischen Jubel und Anklage schwankt, sagt mit seiner heiseren Stimme: »Papa, du bist verrückt!« »Ich?« erwidere ich. »Er war es, der mir hinterhergeschwommen ist!« Franca schüttelt angesichts dieses aussichtslosen Schlagabtauschs den Kopf.

»Und wie ist es Ihrem Freund danach ergangen?« fragt die Ärztin, während sie die Pfeife aus dem Mund nimmt und mit dem Daumen den Tabak darin festdrückt.

»Er lag eine Woche im Krankenhaus«, antworte ich. »Inzwischen hat er sich wieder erholt, doch es war nicht leicht.«

»Wieso?« erkundigt sie sich neugierig.

Ich nenne ihr einige Fakten: Darminfektion von dem geschluckten Wasser, fünf Tage Fieber, ständig wiederkehrende Alpträume von Schiffbruch und Ertrinken.

Doch beim Erwachen erinnerte er sich, daß meine Beruhigungsversuche ihr Ziel sonderbarerweise erreicht hatten, nie habe er sich so geborgen gefühlt, ganz als habe ihn jemand wie einen Säugling gewiegt. »Ich verstehe, was du meinst«, sagte ich zu ihm, wie man es meistens tut, wenn man nichts versteht. Es sei eine der schönsten Erfahrungen seines Lebens gewesen, fügte er hinzu. »Und was ist mit dir?« »Ich weiß noch, daß ich dich beschützen wollte«, antwortete ich. »Und daß ich schon aufgegeben hatte.« Ich verschwieg ihm, daß ich das Gefühl gehabt hatte, das Ganze sei idiotisch. Um nicht ins Pathetische abzugleiten, sagte ich noch: »Ich war drauf und dran, dir eine reinzuhauen, falls du dich angeklammert hättest. Aber das war nicht nötig.«

»Und der Bademeister?« fragt die Ärztin, die ihre Pfeife wieder zwischen die Zähne klemmt und die Oberlippe mit einer Mimik vorstülpt, die Pfeifenraucher mit Pferden gemeinsam haben.

»Die Zeitungen überschütteten ihn mit Lob, und man stellte ihm eine Medaille in Aussicht, weil er zwei Leben gerettet hatte.«

Ich füge hinzu: »Was meines Erachtens keineswegs den Tatsachen entspricht.«

»Warum nicht?«

»Ich glaube, wenn mein Freund nicht gewesen wäre, hätte ich mich selbst gerettet.« Ich schwanke zwischen Eitelkeit und Stolz. »Aber ohne mich wäre er nicht gerettet worden.«

»Tja, Sie wissen ja: Wenn das Wörtchen ›wenn‹ nicht wär'!« erwidert sie lachend.

Im Turnraum gehen die Lampen aus, während die kleinen Gitterfenster in Höhe des Bürgersteigs das Licht von der Straße hereinlassen.

Fernanda erscheint an der Tür. Sie ist die älteste, zuverlässigste und angesehenste Krankengymnastin, auch die erschöpfteste.

»Ich geh nach Hause«, sagt sie.

»Immer noch da?« fragt die Ärztin scheinbar vorwurfsvoll. »Nichts wie weg hier!«

Sie lächelt kaum angesichts dieses mürrischen Anflugs von Solidarität nach einem aufreibenden Arbeitstag.

»Gute Nacht, Frigerio«, sagt sie zu mir und schließt die Tür.

Ich erwidere ihren Gruß.

Zur Ärztin sage ich: »Ihre Mitarbeiterinnen sind wirklich erstklassig.«

»Ja, allerdings«, antwortet sie ernst.

»Sie haben keine Männer in Ihrem Team.«

»Wir kommen ohne sie aus.« Sie sieht mich an. »Es ist besser so.«

Sie setzt hinzu: »Ich bin nicht lesbisch, falls Sie das denken.«

»Das habe ich nie gedacht«, sage ich.

Das ist gelogen, ich habe es fast sofort gedacht, Männer denken das gern, wenn eine Frau Autorität, Strenge und beruflichen Ehrgeiz zeigt. Doch schon beim zweitenmal erzählte man mir, sie habe sich unsterblich in einen chilenischen Physiotherapeuten verliebt, der sich dann mit der Kasse im Gepäck in die Heimat absetzte. Ein Streich, der durch seine Lächerlichkeit noch schlimmer wurde, der sie bitterer und härter machte und ihr ebenso schroffes wie selbstloses Wesen stärker hervortreten ließ.

»Ich bewundere Sie«, sage ich.

»Sie tun gut daran.«

Die Pfeife ist erloschen, und das erlaubt ihr, ohne zu

rauchen am Mundstück zu ziehen und dabei hohle Wangen zu machen, der totemistische Höhepunkt des Tabakkults.

»Erzählen Sie mir weiter von Fano. Ihre Reaktion, wie war die?«

»Francas?«

»Nein, Ihre!« Sie zeigt mit der Pfeife auf mich. »Sie sind es, der mich interessiert!«

»Ich hatte großen Appetit«, antworte ich. »Wir waren im Strandrestaurant, und ich habe auch Francas Spaghetti gegessen, weil sie noch zu erschüttert war.«

»Wie sensibel!«

»Wer? Ich oder Franca?«

»Sie!« sagt sie lachend. »Wie oft soll ich es Ihnen noch sagen?«

»Ich spürte eine große Energie in mir. Ich war zufrieden mit mir. Ich war bereit gewesen zu sterben, und ich hatte ihn nicht gehaßt. Das ist doch ein gutes Zeichen, oder?«

»Ja, toll!« brummelt sie. »Plustern Sie sich bloß nicht so auf!«

»Das tue ich gar nicht.«

»Na und ob!« ruft sie. »Wenn Sie sich sehen könnten!«

Ich lächle. In solchen Momenten gefällt sie mir besonders. Es könnte sogar ganz reizend werden. Ich sage: »Außerdem hat sich schon eine Kollegin von Ihnen darum gekümmert, mich zurechtzustauchen.«

»Und wer?«

»Frau Doktor Fazio, kennen Sie sie?«

»Nein.« Sie schüttelt den Kopf. »Wo arbeitet sie denn?«

»Im Istituto Olgiati. Sie ist Fachärztin für Psychiatrie.«

»Und seit wann verkehren Sie mit Psychiatern?«

»Seit meiner Kindheit. Sie ist eine Schulkameradin von mir.«

Endlich hat sie es geschafft, die Pfeife anzuzünden. Starker Rauch verhüllt ihr Gesicht. Sie zieht mit betontem Genuß.

»Und was hat Ihnen diese Freundin erzählt?«

»Daß ich gewaltige Verdrängungsmechanismen habe.«

»Das hat sie Ihnen erzählt«, sagt sie und wedelt den Rauch mit der Hand weg.

»Ja, ich weiß nicht, ob das schmeichelhaft ist. Sie verwendete das Adjektiv ›gewaltig‹ und sprach trotzdem von Verdrängung. Ich weiß nicht, ob das zusammenpaßt. Was meinen Sie?«

Sie steckt die Pfeife in den Mund und fragt zwischen den Zähnen hindurch mit professioneller Miene: »Wie alt ist Ihre Freundin?«

»Ungefähr so alt wie ich. Sechsunddreißig, achtunddreißig.«

Sie denkt nach, die Pfeife noch immer im Mund: »Ich bin zehn Jahre älter.«

»Wer von uns beiden denkt denn nun immer an sich?« frage ich provozierend.

»Ich!« sagt sie lachend. »Sie haben recht!«

Am folgenden Abend um die gleiche Zeit ruft sie bei uns zu Hause an. Franca fragt sie mit einer Besorgnis, die durch Enttäuschungen aggressiv geworden ist: »Rufen Sie an, um Paolos Programm leichter zu machen? Uns kommt es etwas zu hart vor!«

Sie hört zu, dann sagt sie: »Es ist nicht unseretwegen, es ist seinetwegen. Er wirkt überanstrengt.«

Sie zuckt mit den Schultern. »Wir sollen uns also nicht darum kümmern?«

Dann stimmt sie zu und macht ein entspannteres Gesicht.

»Ich habe verstanden.«

Sie nickt mir zu: »Ach, mit ihm wollten Sie sprechen. Na dann, auf Wiederhören! Und danke für alles, was Sie für Paolo tun.«

Ärgerlich reicht sie mir den Hörer: »Es ist für dich.«

»Guten Abend«, sage ich herzlich.

»Was regt Ihre Frau sich denn so auf!« höre ich ihre ebenfalls ärgerliche Stimme. »Sagen Sie ihr, sie soll sich nicht soviel Sorgen machen, Ihr Kind macht Fortschritte, dafür gibt es deutliche Anzeichen, meinen Sie nicht?«

»Ja, tatsächlich.«

Ich bedeute Franca, den Fernseher auszuschalten.

»Auch die Reaktion Ihres Kindes hat mir gefallen. Wenn ich mich nicht irre, hat es Sie für verrückt erklärt.«

»Ja, tatsächlich.«

»Das scheint mir gut gesagt zu sein.« Sie hat zu ihrem sympathischen Ton zurückgefunden. »Doch ich rufe nicht wegen des Kindes an. Es geht um etwas, was Sie betrifft.«

»Und das wäre?«

»Wissen Sie, daß ich heute morgen fröhlich vor mich hin geträllert habe?« Ihr Ton ist immer noch komplizenhaft. »Das ist mir seit Jahren nicht mehr passiert. Und wissen Sie auch, weswegen? Wegen Fano.«

»Wegen Fano?«

Franca sieht mich fragend an.

»Ich habe an das gedacht, was Sie mir erzählt haben. An das, was Sie für Ihren Freund empfanden, als Sie dachten, es wäre aus.«

»Tatsächlich«, sage ich zum drittenmal. Ich bin etwas gerührt und möchte nicht wie sonst bereuen müssen, jemanden, der gut über mich spricht, unterbrochen zu haben. Aber sie ist schon fertig. Sie sagt: »Das war's schon.«

Und fügt hinzu: »Sie können froh sein.«

Ich schweige. Sie sagt:

»Ich bin es jedenfalls.«

Ich weiß nicht, was ich antworten soll. Ich suche die unmögliche Rettung in einer abgegriffenen Floskel: »Was Sie da sagen, ist schön.«

»Lassen Sie's gut sein!« ruft sie und verfällt wieder in ihren gewohnten Ton, halb rigoros, halb freundlich. »Ich bin es, die noch eine Kleinigkeit schuldig geblieben ist. Und zwar Fröhlichkeit. Verstehen Sie?«

»Natürlich.« Ich lächle.

Franca hat mitbekommen, daß es nicht um Paolo geht. Sie wandert im Zimmer umher und sucht etwas, was sie nicht findet.

»Ich habe auch über das nachgedacht, was Ihre Freundin von der Psychiatrie gesagt hat. Wie heißt sie gleich?«

»Fazio.«

Franca wendet den Kopf.

»Genau! Richten Sie Ihrer Freundin aus, daß sie kein Wort verstanden hat. Das können Sie mir glauben!«

Ich lache: »Gut, ich sage es ihr.«

»Nur das«, antwortet sie. »Bis bald.«

Sie hat aufgelegt.

Ich stehe mit dem Hörer in der Hand da und lächle versonnen. Franca sieht es: »Du hast ihr natürlich von Fano erzählt.«

»Ja.«

Franca geht zum Fenster und schließt es mit leisem Klappern.

»Und was hat sie gesagt?«

»Daß sie fröhlich wurde, als sie darüber nachdachte.«

»Wundert dich das?«

»Ein bißchen.«

Franca geht zu dem anderen Fenster. Sie lehnt sich in die Dunkelheit hinaus und bleibt auf das kleine Fensterbrett gestützt stehen.

»Dabei ist es gar nicht so merkwürdig«, sagt sie, ohne sich umzuwenden.

»Nein?« frage ich ungläubig.

Auch Franca kommt mir ein bißchen merkwürdig vor.

»Nein«, sagt sie ernst und dreht sich um. »Ich kann sie verstehen.«

Ich warte darauf, daß sie weiterspricht. Es ist das zweitemal innerhalb weniger Minuten.

Doch sie spricht nicht weiter.

Tests

Er hat Schwierigkeiten in Mathematik.

»Die hatte ich auch immer«, sage ich.

»Ich auch«, sagt Franca.

Es ist unser erster Trost nach den Tests.

»Ich habe nie auch nur das geringste davon verstanden«, wirft meine Schwiegermutter forsch ein.

Ich sehe sie an. Ich weiß nicht, wie ich diese Mitteilung einordnen soll, ob als gutes oder als schlechtes Zeichen.

»Ich war immer katastrophal schlecht«, fügt sie stolz hinzu.

Ich senke den Kopf. Es gehört nicht viel dazu, aus einem Gespräch eine Farce zu machen. Eine Person genügt. Auch das ist ein Test.

»Hör mal, Paolo. Wenn ich hundert durch zwei teile, welches Ergebnis bekomme ich dann?«

»Fünfzig« antwortet er unverzüglich.

Das Tempo spielt hier keine Rolle. Wir wiederholen die Übung schon zum drittenmal. In diesem Stadium rechnet er vielleicht gar nicht mehr, sondern erinnert sich nur noch an die Wörter.

»Und fünfzig geteilt durch zwei?«

»Fünfundzwanzig.«

»Und fünfundzwanzig mal zwei?«

»Fünfzig.«

»Und fünfzig mal drei?«

Er starrt mich an. Er ist genauso wie ich davon überzeugt, daß er gleich einen Fehler machen wird.

Ich sage: »Denk nach!«

Ich weiß, daß er nach diesen Worten aufhören wird nachzudenken.

Warum tue ich das? Und warum *will* er einen Fehler machen?

Er ist aufgeregt, seine Brust hebt sich, in seinen Augen schimmert es. Er stürzt auf den Abgrund zu.

»Hundert.«

»Nein!« Ich schlage mit der flachen Hand auf den Tisch. »Warum sagst du hundert?«

Er sieht mich etwas entspannter an, denn er hat den Fehler endlich gemacht, und ich habe ihn angeschnauzt.

»Ich weiß es nicht!« ruft er mit erstickter Stimme.

Ich will nicht aufgeben. Das ist meine Schwäche. Wenn im Leben keine Alternative existiert, gibt man auf. Viele erwarten gar nichts anderes. Sie leben, um aufzugeben. Aber ich bin damit beschäftigt, das Spiel zu gewinnen. Ich übertreibe die Fehler der anderen, um meine abzuschwächen.

Warum will ich nicht aufgeben? Meinetwegen? Nein, antworte ich laut, seinetwegen. Paolo sieht mich erstaunt an, weil ich Selbstgespräche führe. Nein, denke ich, meinetwegen. Er hat in diesem Moment Angst, und dafür muß es einen Grund geben. Ich sollte auch Angst haben. Ich bin sein Feind. Und auch meiner.

Ich stütze den Kopf in die Hand. Schließlich schaue ich auf: »Paolo, noch mal von vorn.«

Er zuckt zusammen.

»Das Doppelte von fünfzig, wieviel ist das?«

»Hundert.«

»Und die Hälfte von hundert?«

»Fünfzig.«

»Bis hierhin ist alles klar.«

Ich strecke meine Hand auf dem Tisch aus, als wollte ich seine Stabilität prüfen und ebenso meine Macht.

»Und die Hälfte von fünfzig?«

»Fünfundzwanzig.«

Im Moment arbeitet nur das Gedächtnis. Er rechnet nicht, er erinnert sich an Wörter. Das hat mit Mathematikverständnis nichts zu tun, es ist die Wiederholung dessen, was er auswendig gelernt hat.

»Willst du ihn wohl in Frieden lassen?« fährt Franca dazwischen.

Sie ist blaß, bisher hat sie sich zurückgehalten und von der Küche aus zugehört, doch jetzt stürzt sie aufgebracht ins Zimmer, um ihn zu befreien und zu rächen.

Paolo sieht sie dankbar an, wie einen rettenden Engel.

»Ich prüfe gerade, ob er die Mathematik versteht oder sich darauf beschränkt, auswendig zu lernen«, versuche ich mich mit einem künstlichen Lächeln zu verteidigen.

»Wieso? Verstehst du denn was von Mathematik? Verstehst du vielleicht was von Zahlen? Ausgerechnet du?«

Dieses Du ist voller Aggressivität, Verzweiflung, Verachtung. Was verstehe ich denn, ich, von Mathematik? Ich habe mich immer auf mein Gedächtnis verlassen. Mir fällt plötzlich meine Ohnmacht angesichts einer *anders* gestellten Frage meiner Lehrerin wieder ein. Angesichts einer Einleitung, die für sie abwechslungsreich und für mich verhängnisvoll war. Es genügte, wenn sie vorschlug: »Oder um es mit anderen Worten auszudrücken ...« Denn ich haßte diese anderen Worte, nie kam ich darauf, was sie sein sollten, nie erriet ich sie.

»Antworte!« beharrt Franca.

»Ja, du hast recht.« Ich fühle mich unbehaglich und erleichtert.

»Entschuldige, aber dann ist es idiotisch, ihn so zu quälen!«

Sie hat »idiotisch« in unpersönlicher Form gebraucht, es ist eine stille Abmachung zwischen uns, ein Umweg, der es ihr erlaubt, im Klartext mit mir zu reden.

»Ich wollte nur, daß er nachdenkt, und nicht, daß er auswendig lernt«, antworte ich. »Ich glaube, er macht die Fehler mit Absicht.«

»Wie – mit Absicht?«

»Er weigert sich nachzudenken, sobald ich mich aufrege. Und er antwortet falsch, um sich zu bestrafen. Oder vielleicht auch, um mich zu bestrafen.«

»Schluß jetzt mit deinen Theorien!« schreit sie. »Wenn es so ist, warum machst du dann weiter?«

»Weil ich was falsch mache!« schreie auch ich. Ich schlage mit der Faust auf die Armlehne. »Darf ich denn nichts falsch machen?«

Nie war ich so stolz darauf, einen Fehler von mir zu verkünden. So arrogant, so in Not.

»Dann hör doch auf!« schreit sie zurück und packt meinen Arm.

Ich springe auf und umklammere ihre Schultern, ich schüttle sie heftig, während sie sich windet und ruft: »Was machst du denn?«

»Und du? Was machst du?«

Angst und Haß sind in ihren Augen, ich lockere meinen Griff, sie fährt mit den Händen über ihre Schultern, als täten sie weh, läßt sie auf die Arme hinuntergleiten und sinkt auf einen Stuhl.

»Nun übertreib doch nicht«, sage ich.

Ich versuche, mein Keuchen zu unterdrücken und wieder mit halbwegs normaler Stimme zu sprechen. Wichtig ist, Ruhe zu demonstrieren, wenn man sie gerade verliert. Auch Franca kämpft darum. Ihre Atmung wird gleichmäßiger, ihr Blick ist starr ins Leere gerichtet.

Paolo hat uns beobachtet, ebenso entsetzt wie fasziniert angesichts dieser Szenen, die sich in unregelmäßigen Abständen wiederholen. Franca, die zu einer unglaubwürdigen Sanftheit zurückgefunden hat, fragt, als erwachte sie aus einem erquickenden Schlaf: »Was war das Problem?«

Die ungeschriebenen Gesetze der Beziehungen zwischen Mann und Frau zwingen sie zu einer zarten Stimme, zum rechtzeitigen Vergessen all dessen, was gerade geschehen ist.

»Das Problem sind diese verfluchten Tests«, antworte ich mit einem Widerwillen, der zugleich mitteilsam und herzlich ist. »Ständig suchen wir nach Entschuldigungen für ihn, dabei schafft er manche Tests einfach nicht!«

»Immer mit der Ruhe«, sagt sie und legt ihre Hände auf die Knie. »Du hast doch selbst stets auf die Grenzen der Tests hingewiesen.«

»Allerdings.«

»Daß sie nach Quantität gehen und den Bereich der Gefühle unberücksichtigt lassen.«

»Und den Eigensinn«, trumpfe ich auf.

»Welchen Eigensinn?«

»Wenn er sich weigert mitzuarbeiten.«

»Das macht er mit dir, weil du nicht richtig mit ihm umgehen kannst.«

»Nein, das macht er jedesmal.«

»Das ist nicht wahr.«

Sie schweigt eine Weile, verbittert, angespannt, nachdenklich. Dann dreht sie sich zu ihm und sagt ruhig: »Versuch es mit mir, Paolo.«

Er sieht sie mit wiedererwachter Furcht an. Jetzt tritt der rettende Engel an meinen Platz. Paolo umklammert die Armlehnen seines Sessels.

Ich stehe auf und gehe in die Küche. Hinter den Fensterscheiben hat sich eine tiefe Dunkelheit herabgesenkt, und auf dem Hof prasselt unaufhörlich der Regen. Ich trinke ein Glas Wasser aus der Leitung. Im Fernsehen haben sie gerade berichtet, daß auch Mineralwasser giftig sei, aber das aus der Leitung nicht ganz so sehr.

Als ich ins Zimmer zurückkomme, sehe ich, wie sie unter dem Lichtkegel der Lampe die Hände von den Knien nimmt und sie auf den Tisch legt.

»Nein, Paolo, bleib ganz ruhig. Wenn das Doppelte von sechzig einhundertzwanzig ist, wieviel wird dann wohl die Hälfte sein?«

Paolo sieht mich verstört an. Er sucht Hilfe.

»Antworte der Mama«, sage ich.

Er weiß nicht mehr, wo er hinsehen soll. Es gibt keine Rettung.

»Fünfzig!« antwortet er.

»Nein!« schreit sie. »Du erinnerst dich an die Fünfzig, weil dein Vater sie vorhin erwähnt hat! Was soll denn die Fünfzig jetzt hier?«

Paolo läßt die Armlehnen des Sessels los. Er ist rot bis über beide Ohren, und seine Lippen zittern.

»Laß ihn in Frieden«, sage ich.

Und weiter: »Wir versuchen es ein andermal.«

Sie schließt die Augen: »Ist gut.«

Ich setze mich an den Tisch. Sie steht auf.

Sie sagt: »In einer halben Stunde gibt es Essen. Einverstanden?«

»Ja.«

Ich nehme Paolos Hand. Er hat Tränen in den Augen, doch er weint nicht. Ich frage ihn: »Wer von uns beiden hat nun recht, ich oder Mama?«

Die singende Direktorin

Als er von der fünften Klasse der Grundstufe zur ersten in der Mittelstufe wechselt, bitte ich darum, daß er mit seinen Klassenkameraden zusammenbleiben kann. Ein unnormales Anliegen.

Die Direktorin empfängt mich in weißen Handschuhen. Das ist nicht im übertragenen Sinn gemeint. Man weiß nicht recht, ob sie sie zu vornehmer Abgrenzung oder aus Angst vor Ansteckung trägt. Sie sind aus Spitze, und seit Menschengedenken (seit sie vor drei Jahren an diese Schule versetzt wurde) verzichtet sie nie auf sie.

Sie ist klein, lebhaft und drall in ihrem zu engen Kleid. Sie hat eine flötende Stimme. Es ist bekannt, daß sie sich bei den alljährlichen Musikveranstaltungen im Auditorium im Erdgeschoß gern als Sängerin vor einem überraschten, wohlwollenden und auch lachenden Publikum produziert. Wie alle integrierten Exzentriker hat sie offenbar einen starken Charakter. Sie kommt mir mit irgendwie theatralischen Bewegungen entgegen wie ein Fräulein aus dem 18. Jahrhundert in einer Oper von Cimarosa.

»Oh, Signor Frigerio, soviel Gutes über Sie! Und auch über Ihren Sohn Paolo!«

Ich deute eine Verbeugung an: »Danke.«

Sie bietet mir einen Platz zwischen zwei Blumenvasen vor ihrem Schreibtisch an, was für Blumen es sind, weiß ich nicht, das weiß ich nie, vielleicht gelbe Gladiolen. Hinter ihr steht ein gefalteter orientalischer Paravent mit stilisierten Tiermotiven auf grünem Grund, Sumpfvögel, die schräg nach unten ins Röhricht fliegen.

»Gefällt er Ihnen?« Sie deutet darauf, während sie sich halb umdreht.

»Ja, sehr.«

»Ich habe ihn von zu Hause mitgebracht. Er ist das Geschenk eines Großonkels, der einundzwanzig Jahre als Diplomat in China lebte.«

Sie sieht mich an und fügt hinzu: »Er ist nicht besonders wertvoll. Aber er lockert die Schulatmosphäre auf. Sie wissen ja, ich hasse Bürokratie.«

»Richtig.« Ich lächle. »Man hat es mir erzählt.«

»Also machen Sie sich wegen Ihres Sohnes keine Sorgen.« Sie legt ihre Hand auf einen Stapel grauer Akten. »Er kommt in die I C und wird eine ausgezeichnete Integrationslehrerin haben, Signora Molteni, kennen Sie sie?«

»Nein, aber ich –«

»Sie hat bereits mit glänzenden Resultaten ein Kind mit Problemen betreut«, unterbricht sie mich, »ein verhaltensgestörtes, sagt man so?«

»Gewiß«, sage ich, wie so oft, wenn ich keinerlei Gewißheit habe und nur möchte, daß das Gespräch weitergeht. »Aber das ist nicht der Punkt.«

»Sondern?« Erstaunt fährt sie mit ihrem Drehstuhl zurück.

»Ich wollte ... ich meine, es wäre mir lieber, wenn er mit ein paar Kindern aus seiner Klasse zusammenbliebe. Er hat sich sehr an sie gewöhnt.«

»Er wird sich auch an die neuen Mitschüler gewöhnen!« antwortet sie energisch. »Wo liegt das Problem?«

»Wissen Sie, er ist es, der mich darum bittet«, sage ich und bin schon in Bedrängnis. »Wenn er etwas falsch sieht, bin ich der erste, der es ihm sagt. Es scheint mir aber ein berechtigter Wunsch zu sein.«

Sie mustert mich mit plötzlicher Aufmerksamkeit.

»Seit wie vielen Jahren unterrichten Sie jetzt?«

»Seit zwölf«, antworte ich mit einem Unbehagen wie bei einem Verhör.

»Ich seit neunundzwanzig«, sagt sie, gelassen triumphierend. »Das erzähle ich Ihnen nur ungern, weil ich damit verrate, wie alt ich bin!«

Sie macht ein verschmitztes Gesicht, auf das ich mit einem verspäteten Lächeln reagiere.

Sie senkt die Stimme.

»Doch entscheidend ist die Erfahrung. Und ich sage Ihnen: Ihr Sohn wird sich auch mit seinen neuen Klassenkameraden sehr wohl fühlen.«

»Gibt es denn bürokratische Hindernisse?« bohre ich weiter.

»Das Los«, antwortet sie blitzschnell und kategorisch. Ihr ist jene Raschheit eigen, die Vorgesetzte an den Tag legen, wenn sie einen Untergebenen in ein Geheimnis einweihen und ihn gleichzeitig auf Abstand halten wollen. »Kennen Sie denn die Regierungsverordnung Nummer 328 Absatz 5 von 1976 nicht? Wahrscheinlich nicht, Sie unterrichten ja an einer höheren Schule.«

Sie hat einen offiziellen Ton angeschlagen, sie, die Bürokratie so haßt. Nichts ist besser geeignet als ein Rundschreiben, um die Menschen zu belohnen oder zu demütigen.

»Und was steht in dieser Verordnung?«

»Daß die erste Klasse der Mittelstufe per Los zusammengestellt werden muß. Vor dem Gesetz sind alle gleich, einer wie der andere.«

»Aber er ist nicht wie die anderen.«

»Signor Frigerio«, sagt sie mit einstudierter Geduld. »Diese Vorschrift wurde erlassen, um Benachteiligungen zu verhindern. Und ausgerechnet Sie wollen welche einführen.«

»Ja«, antworte ich. »Ich möchte eine Benachteiligung einführen.«

Ich wittere Morgenluft, Paradoxa waren mir schon immer eine Hilfe, wenn ich mit Vernunft nicht weiterkam.

»Aber eigentlich ist sie ja schon durch die Fakten gegeben«, rede ich weiter. »Denn Paolo ist nicht wie die anderen.«

»Also wirklich!« sagt sie mißbilligend, als beharrte ich starrsinnig auf einem Holzweg. »Ich hätte nie gedacht, daß Sie, Signor Frigerio –«

»Frau Direktorin, hören Sie mich an, ich bitte Sie.« Ich spüre, daß dieses schmucklose, bürokratische »Frau Direktorin« augenblicklich eine Gleichheit zwischen Ungleichen schafft. »Sie können sich doch denken, daß ich nicht für Diskriminierungen bin. Aber gerade deshalb möchte ich nicht, daß er als jemand betrachtet wird, der genauso ist wie die anderen. Das wäre eine Diskriminierung für die anderen und eine weitere für ihn.«

»Entschuldigen Sie, aber ich kann Ihnen nicht folgen.« Die Direktorin simuliert kopfschüttelnd einen Zustand völliger Verwirrung.

»Sehen Sie, das hat nichts mit Rassismus zu tun«, fahre ich fort. Ich wage mich auf ein heißes Pflaster, doch nun ist es zu spät. »Andersartigkeit zu respektieren ist kein Rassismus. Es ist eine Pflicht, die wir alle haben. Rassismus leitet aus der Andersartigkeit der Menschen allerdings auch eine Andersartigkeit der Rechte ab. Wir meinen dagegen, daß alle Menschen die gleichen Rechte haben sollen.«

»Bis dahin komme ich mit«, sagt die Direktorin mit etwas entspannterer Miene.

Ich war schon immer der Ansicht, daß der zuverlässigste Weg, jemanden zu veranlassen, seine Meinung zu ändern, darin besteht, ihm zu versichern, daß er dies gar nicht tut.

»Deshalb hat mein Sohn das Recht, in öffentlichen Institutionen zu lernen.« Das ist ein weiteres lexikalisches Hilfsmittel, um die Direktorin zu überzeugen: Ich spreche von »öffentlichen Institutionen«. »Doch er hat auch ein Recht auf besondere Rücksichtnahme. So beteiligt er sich zum Beispiel nicht mit den anderen zusammen am Sportunterricht.«

»Natürlich nicht!«

»Und nicht zufällig hat er eine Integrationslehrerin«, füge ich hinzu.

»Genau!« bekräftigt sie.

»Wenn wir also weiter Rücksicht auf ihn nehmen wollen, lassen wir ihn mit einigen seiner Klassenkameraden zusammen.«

Kraft ihrer Autorität und wohl wissend, daß ich sie beobachte, nimmt sie sich reichlich Zeit zum Nachdenken. Schließlich sagt sie: »Sie wissen doch, daß Ihr Sohn Pech gehabt hat? Gerät durch das Los in eine Klasse, in der er nur einen einzigen Mitschüler kennt!«

»Eben«, sage ich.

Weiter nichts. Die Zeit arbeitet für mich.

»Was können wir da tun? Sie wenden sich ausgerechnet gegen das demokratischste Mittel, das eingeführt wurde!« klagt sie.

»Nein, in diesem Fall spricht gerade das Los gegen alle Vernunft.«

Sie zieht die Augenbrauen hoch.

»Und was schlagen Sie vor?«

»Das Gesetz zu übertreten, um seinen Inhalt zu wahren.« Ich staune über meine Kühnheit. »Und auf das Los zu verzichten.«

»Nein!« Die Direktorin fährt zurück. »Das geht nicht.«

Ich sehe sie bedrückt an, mir ist bewußt, daß ich zuviel verlangt habe. Ich habe die Worte verfehlt, nicht das Ziel. So ist es jedesmal.

»Lassen Sie mich nachdenken«, sagt sie bedächtig.

Ich starre auf einen riesengroßen Globus am anderen Ende des Tisches, blau und zum Drehen, der mir schon beim Eintreten aufgefallen war, ein unerfüllter Traum meiner Kindheit.

»Sie haben doch nichts dagegen, daß ich die Elternsprecherin hinzuziehe?« Sie deutet auf eine kleine Tür hinter dem Schreibtisch. »Ich habe sie gebeten, sich für alle Fälle zur Verfügung zu halten.«

»Natürlich nicht.«

Ich weiß nicht, ob sie sie zu meiner oder zu ihrer Unterstützung bemüht. Vielleicht weiß sie es selbst nicht.

Sie schließt die Tür hinter sich. Ich warte, mein Blick schweift wieder zum Globus. Auf dem Hof scheint die Sonne. Eine warme, strahlende Ferienstimmung liegt an diesem späten Morgen in der Luft. Ich stelle mir die Stimmen der Kinder vor, die von unten heraufdringen. Jetzt wäre Unterrichtspause.

»Das ist unser Signor Frigerio«, sagt die Direktorin, die endlich wieder in der Tür erscheint, und weist mit besorgter Sympathie auf mich. »Und das ist Signora Matteucci.«

Sie ist eine schlanke, elegante und geschmeidige Frau von gewinnendem Äußeren. Als würde sie mich bereits kennen, lächelt sie mich verständnisinnig an.

»Ich habe Signora Matteucci den Fall erklärt. Sie ist Diplompsychologin, und auch sie ist etwas überrascht.«

»Achten Sie bloß nicht auf das Psychologiediplom«, sagt meine neue Feindin verschwörerisch. »Ich arbeite nicht als Psychologin. Ich bin halbtags in einer Werbeagentur beschäftigt.«

»Interessant, kann ich mir vorstellen.«

»Weniger als man denkt«, antwortet sie (wie man sieht, arbeitet sie tatsächlich dort). »Doch kommen wir zu Ihrem Anliegen.«

Sie schlägt die Beine übereinander und legt ihre schlanken Hände darauf.

Ihr Lächeln verheißt nichts Gutes: »Sie wollen eine Sonderbehandlung für Ihren Sohn. Ist es so?«

Schlechter hätte man nicht anfangen können. Ich lächle und schüttle den Kopf.

»Dann klären Sie mich auf.«

»Ich gehe von der Voraussetzung aus, daß der Staat die Behinderten integrieren möchte, statt sie in Sonderschulen auszugrenzen.«

»So ist es«, bestätigt sie zufrieden.

Ich verwende einen Jargon, den ich verabscheue: den meiner Gesprächspartner. Das entzieht mir in dem Maße Kraft und Glaubwürdigkeit, wie ich sie in ihren Augen gewinne. Ich wechsle die Marschrichtung: »Wissen Sie, Paolo ist behindert und bekommt eine Integrationslehrerin zur Unterstützung«, fahre ich erregt fort. »Ich möchte, daß er diese Unterstützung auch von einigen seiner Klassenkameraden erhält.«

»Erklären Sie mir doch, warum«, sagt Signora Matteucci mit grenzenloser, gleichmütiger Neugier. Sie hat den Ellbogen auf den Schreibtisch und ihr Gesicht in die Hand gestützt und ist ganz Ohr, als sollte ich ihr ein Geheimnis enthüllen. »Warum hängt Ihr Sohn dermaßen an seinen Gefährten?«

»Sie hängen auch an ihm!« antworte ich. »Die Klasse hat ihm Solidarität, Achtung und Freundschaft entgegengebracht. Und auch er hat der Klasse viel gegeben. Das hat mir seine Lehrerin immer wieder bestätigt. Er war ein Ansporn, ein Anreiz für sie. Vielleicht um etwas zu kompensieren, doch was macht das schon?«

»Das glaube ich Ihnen.« Signora Matteucci reißt die Augen auf. Viele Frauen tun das, weil sie annehmen, es mache besonderen Eindruck.

»Es war eine erstaunliche Erfahrung«, sage ich weiter. »Eine Klasse, die von der Anwesenheit eines Behinderten genauso profitierte wie er von ihr. Warum müssen wir diese Entwicklung unterbrechen?«

»Aber wer unterbricht sie denn?« fragt Signora Matteucci halb verwundert, halb belehrend. »Ihr Sohn wird neue und ebenso positive zwischenmenschliche Beziehungen haben.«

»Er leidet aber unter etwas spezifischen Ängsten«, wage ich einzuwerfen, ohne zu wissen, wo ich ansetzen soll. »Seine Gefährten zu verlieren, die in den anderen Klassen noch dazu zusammenbleiben dürfen, ist nach seinem Verständnis ungerecht.«

»Es ist an Ihnen, ihn umzustimmen!« mischt sich die Direktorin ein.

»Aber ich denke genauso! Wozu sein Leben mehr als nötig komplizieren? Wegen eines Loses?«

»Beruhigen Sie sich doch, Signor Frigerio!« erwidert die Direktorin mit bekümmerter Stimme. »Ich verstehe, wie Ihnen zumute ist, doch die Verordnung haben nicht wir uns ausgedacht.«

»Nun ja«, antworte ich. »Niemand versteht das so gut

wie ich.« (Wie bin ich nur auf diesen sinnlosen Satz gekommen?) »Aber sich zum Sklaven eines Loses zu machen ist der Gipfel!«

»Wieso?« fragt die Direktorin mit einem Erstaunen, das endlich echt ist. »Wie oft in der Geschichte ist das nicht schon passiert!«

Auch ich sehe sie erstaunt an. Ich merke, daß ich so nicht weiterkomme.

»Frigerio, überlegen wir doch mal in Ruhe«, unterbricht Signora Matteucci mit liebenswürdiger Stimme. Sie hat die förmliche Anrede weggelassen, was sie offensichtlich zu einem vertraulichen, fast intimen Tonfall ermutigt. »Antworten Sie mir, aber bitte offen und ehrlich.«

»Gut.«

Ich weiß aus Erfahrung, daß Aufforderungen zu Ehrlichkeit stets aggressive Impulse kaschieren.

»Frigerio, warum haben Sie Angst vor den neuen Mitschülern?«

»Nein, er ist es, der Angst vor ihnen hat, oder eigentlich hat er gar keine Angst vor ihnen. Er möchte ganz einfach ein paar alte Freunde behalten, weil sie zusammengehalten haben, sie haben ihn beschützt.«

»Da haben wir ja das verräterische Wort!« trumpft Signora Matteucci maßvoll begeistert auf und hebt den Kopf. »Schutz! Sie wollen Ihren Sohn zu sehr beschützen! Dabei muß er sich doch dem Leben stellen!«

Als fügte sie sich in eine unabwendbare Neuigkeit, ergänzt sie: »Das Leben besteht aus Risiken!«

Ich höre ihr zu, wie vom Donner gerührt. Du wirst immer einen treffen, der dir den Weg weist, den du ohnehin jeden Tag gehst. Aber er tut es – sagt er – für dich, so daß du dich auch noch bei ihm bedanken mußt.

Triumphierend versetzt mir Signora Matteucci rasch den letzten Hieb: »Frigerio, könnte es nicht sein, daß Sie sich selbst schützen wollen? Und daß der Junge eine Projektionsfläche Ihrer Ängste ist?«

»Wessen? Meiner?« Ich senke den Kopf. »Nein, glauben Sie mir. Das Problem ist viel einfacher und hat mit gesundem Menschenverstand zu tun.«

Ich verwende dieses Wort mit einiger Verzweiflung. Es erschien mir immer wie ein Verzicht, doch hier wird es zur Errungenschaft. Man sollte eine Begegnung nie im voraus beurteilen. Wie oft gestehen wir den anderen, ohne daß sie es merken, eine Intelligenz zu, über die sie gar nicht verfügen.

Ich merke, daß die beiden Frauen einen Blick wechseln, das scheint mir ein gutes Zeichen zu sein. Signora Matteucci überlegt es sich anders: »Frigerio, nicht wahr, Sie wollen doch nicht von Ihrer Position als Lehrer profitieren, um von uns einen Verstoß gegen die Vorschrift zu verlangen?«

»Profitieren?« Ich schaue auf. »Das scheint mir nicht das richtige Wort zu sein.«

»Stimmt, ich wollte etwas anderes sagen, Sie haben schon verstanden.«

Ich nicke, doch verstanden habe ich nichts, vielleicht hat sie das falsche Wort genommen, um sich korrigieren zu können.

»Da ist nur noch ein Problem«, wirft die Direktorin beunruhigt ein. »Wie wir auf das Los verzichten können. Es ist gesetzlich vorgeschrieben.«

»Wir verzichten nicht darauf.« Ich bekomme wieder Oberwasser. »Das Los wird nur vernünftiger ausfallen. Warum sollten wir ein dummes Los akzeptieren?«

»Na, weil es ein Los ist!«

»Und wir, die wir klüger sind, wandeln es ab. Es genügt, wenn man ein D statt eines C liest. Es genügt ein Federstrich.«

»Sie sind ja reichlich unbefangen, Frigerio!« ruft die Direktorin aus.

Auch sie hat das »Signor« weggelassen, diese Herabsetzung wertet mich auf.

Sie wendet sich an Signora Matteucci: »Was sagen Sie dazu?«

»Ich, gar nichts, ich habe nichts gesehen und nichts gehört.«

Ich lehne mich im Sessel zurück.

»I D, ja?« fragt die Direktorin zur Bestätigung.

»Ja, danke«, sage ich.

»Keine Ursache.«

Die Matteucci (ich lasse das »Signora« weg, als ich mich von ihr verabschiede) geht durch die kleine Tür hinter dem Schreibtisch hinaus. Ich habe an einer Aufführung teilgenommen, die mich entkräftet, glücklich und melancholisch zurückläßt, ein kleiner Sieg in einem Krieg, der kein Ende haben wird.

Ich verabschiede mich von der Direktorin. An der Tür kann ich der Versuchung nicht widerstehen, den Globus anzutippen. Ich drehe ihn langsam entgegen dem Uhrzeigersinn.

Der Tod einer Schauspielerin

Meine Mutter starb, als Paolo laufen lernte. Ich weiß nicht, ob ihr diese Einleitung zu ihrem Nachruf gefallen hätte. Denn obgleich sie die ihr verbliebene Kraft gerade diesem Ziel gewidmet hatte (sie unterstützte Franca in unermüdlicher Konkurrenz zu meiner Schwiegermutter tagtäglich bei den Turnübungen des Kindes), hatte sie doch eine sehr deutliche Vorstellung von ihrem eigenen Schicksal. So war die heftige Liebe, die sie für dieses Enkelkind empfand, nicht genug, um die Szene zu beherrschen, womit ich ein Bild verwende, das zu ihr paßt. Wir denken uns unsere Eltern als stets für uns zuständige Menschen (wenn sie es nicht sind, vergelten wir es ihnen mit unversöhnlichem Haß), bis wir ihr Alter erreichen und von unserer Sichtweise zu ihrer wechseln. Doch oft ist es dann zu spät, um es ihnen zu sagen.

Meine Mutter wartete neun Jahre vergeblich, sie, die mir erzählt hatte, wie ich mit neun Monaten zu laufen begann. Ehrgeizig, verbittert, nie zufrieden mit dem, was das Leben ihr gewährte, und immer verletzt durch das, was es ihr vorenthielt, maß sie auch den Niederlagen, die sie erfuhr, eine übertriebene Bedeutung bei. Aus Paolo, der seine ersten wackligen Schritte machte, wurde ein Champion, den es zu bewundern galt. Und von diesen Triumphen erzählte sie ihren Freundinnen. Die Tränen, die sie manchmal unwillkürlich vergoß, waren die einzigen Anzeichen ihrer Qual. Doch sie genügten, um das

Unbehagen an dieser Flut von Erfolgen aufzuwiegen. Es ist immer gut, auch Passivposten in die Bilanz aufzunehmen, wenn wir uns nach Solidarität sehnen. Die anderen werden es uns danken. Und wir wissen, daß sie uns nie so liebhaben, wie wenn es uns schlechtgeht.

Als junges Mädchen war sie Laienschauspielerin an einer Provinzbühne gewesen und hatte sich seitdem gedanklich nie von ihrer komödiantischen Berufung verabschiedet. Sie hatte sie nur vorsätzlich einem maßlosen Stolz geopfert. Cäsar, der lieber erster in einem Dorf als zweiter in Rom sein wollte, gelang es am Ende, auch in Rom erster zu sein. Sie, die befürchtete, es ihm in der Hauptstadt nicht gleichtun zu können, verzichtete auch auf das Dorf. Das ist der Unterschied zwischen ihr und Cäsar: Cäsar hätte sich auch mit einem Dorf begnügt.

Sie machte die Bühne nicht länger zu ihrem Leben und verwandelte statt dessen ihr Leben in eine Bühne. Sie liebte Zeremonien, Festlichkeiten, Empfänge und mondäne Abendveranstaltungen. Meinem Vater, einem höheren Carabiniere-Offizier, den ihre Schauspielkünste zunächst fasziniert hatten, war später die Bühne zuwider. Er traute sich nicht, sich dem zu widersetzen, was sie als ästhetisches Dasein empfand, und bildete sich bis zum Schluß ein, es mit ihr zu teilen, ohne daß er je begriffen hätte, wie fern ihnen beiden die Ästhetik lag. Wenn meine Mutter während irgendeiner Festlichkeit strahlend durch eine Wohnung wandelte, die für ihre Ambitionen viel zu klein war, verkroch er sich in eine Ecke, und sein starrer Blick verriet, daß er gegen den Schlaf ankämpfte. Ich hatte nie darüber nachgedacht, ob er sie betrog, eine Frage, die Kinder sich erst stellen, wenn sie selbst betrügen. Dann entdecken sie mögliche Abgründe in der Vergangenheit ihrer Eltern, imaginäre Tragödien und mit verhohlener Geduld gespielte Komödien. Als ich mir die Frage schließlich stellte, fand ich keine Antwort darauf. Er war wesentlich älter als sie, ein Umstand, der ebenso viele Möglichkeiten eröffnete wie wenn er jünger gewesen wäre. Dagegen bilde ich mir ein, das Verhalten meiner Mutter im Rückblick durchaus einschätzen zu können.

Von einem strahlenden Tod hinweggerafft (so hatte sie es auf sein Grab geschrieben, das sie mir auf dem Monumentalfriedhof zeigte, als ich noch klein war), hatte mein Vater sie nicht nur mit der Trauer um einen Mann zurückgelassen, sondern auch mit dem Erbe dieser Uniform, die sie ihm wieder anlegte. Und wahrscheinlich blieb sie vor allem dieser treu, war sie doch in ihrem visionären Patriotismus von dem Traum beseelt, die Gefährtin eines Helden gewesen zu sein.

Als er in einem simulierten Hinterhalt versehentlich den Tod fand, zog sie sich in einen theatralischen Kummer zurück, den sie jahrelang pflegte. Wie bei vielen Witwen zu beobachten, wurde ihr Eheleben in der Erinnerung immer beneidenswerter, nicht zuletzt deshalb, weil es endgültig vorbei war. Sie erzog ihre Kinder in einem Kult des Gedenkens, der mir aus dem Abstand vieler Jahre nun wie eine weltliche Verklärung in häuslichem Gewand erscheint.

Ich glaube nicht, daß ich es bei meinen zwei Söhnen je zu einer solchen Vergötterung bringen könnte. Franca würde so etwas nie unterstützen, den beiden käme es wohl sehr eigenartig vor und mir nicht minder. Doch für meine Mutter war mein Verzicht auf jede Art von Uniform das Gegenteil dessen, was sie sich erträumt hatte.

So werden Familiengötter geboren, und so gehen sie auch unter.

Von der Rehabilitationsgymnastik und dem Zusammenleben mit uns erschöpft, nahm sie sich bisweilen Urlaub und fuhr nach Hause. Sie wohnte in einem kleinen Haus im »Hinterland« – ein Ausdruck, den sie unbekümmert übernommen hatte, vielleicht weil er in ihren Augen ein heruntergekommenes Randgebiet mit einem englischen Klang veredelte. Sie teilte es mit einer gleichaltrigen Dame, der Witwe eines pensionierten Bahnhofsvorstehers. Die beiden Frauen verband nichts als der gemeinsame Garten. Doch mit der Zeit hatten sie gelernt, sich zu ertragen, indem jede der anderen die Überlegenheit auf einem Gebiet zugestand, das ihr selbst relativ egal war. Meine Mutter erhob Anspruch auf die Kultur, ihre Gefährtin eher auf praktische Fertigkeiten. Beide bezweifelten die Richtigkeit dieser Aufteilung, und die eine oder andere sarkastische Bemerkung ließ dies unvermutet durchblicken. Aber sie hatten auch gelernt, ihre Skepsis einer Errungenschaft unterzuordnen, die im Laufe der Jahre in jeder Hinsicht unweigerlich an Bedeutung gewinnt: dem Waffenstillstand.

Oft brachte mein Schwiegervater Paolo mit dem Auto zu ihnen, manchmal in meiner Begleitung. Sie empfing uns im Laubengang des Gartens. Sie fand, ihr Enkel habe gewaltige Fortschritte gemacht, doch ihr Überschwang frustrierte mich letzten Endes. Hätte sie einfach nur Fortschritte gesagt, hätte ich ihr geglaubt. Es ist die Übertreibung, die die Lüge verrät, die Wahrheit liebt keine Superlative.

Ihre Gastfreundschaft wiederholte die Riten vergangener Zeiten. Die gespielte Überraschung, das Bedauern über die Unordnung, in der man sie antraf, die Einladung zu dem bescheidenen Mahl, das sorgfältigst vorbereitet war (das gleiche wie heute). In ihren *à-part*-Reden, die nicht auf der Bühne vor den Gästen, sondern an einem stillen Fleckchen im Garten gesprochen wurden, zeigte sie sich allerdings stets menschlicher. Ich frage mich, was dieses Adjektiv heißen soll, denn alles, was der Mensch tut, ist menschlich. Doch dieses *menschlich* hat noch eine rätselhaftere und stärkere Bedeutung. Es verweist auf eine Kapitulation vor der Wahrheit. In einem Winkel des Gartens, zwischen dem abgeschrägten Dach eines renovierten Hühnerstalls und den Plastikstühlen an der Robinienhecke kapitulierte meine Mutter vor der Wahrheit. Dann erzählte sie mir zum Beispiel, sie sei sich nicht mehr sicher, daß sie meinen Vater wiedersehen würde. Für eine unseligerweise fanatische Gläubige wie sie, die nicht einmal die eigenen Zweifel zuließ, war dies ein erstaunliches Bekenntnis. Sie wirkte auch nicht sonderlich bekümmert deswegen, was ebenfalls ein Zeichen später Aufrichtigkeit war. »Für mich ist gar nichts mehr sicher«, gestand sie mir eines Tages, als sie mir Schokolade in eine Tasse des 1932 in Faenza erworbenen Service goß.

Ein andermal, an einem stillen, luftigen Nachmittag im September, als der Wind sanft durch die Bäume des Obstgartens strich, hatte sie mir mit einer lächelnden Müdigkeit im Gesicht anvertraut: »Weißt du, warum ich nicht gern sterben möchte? Wegen der Sonne.«

Ich weiß nicht, ob dies das private Wiederaufleben des von den Ägyptern verehrten Sonnengotts war oder die Wiederkehr der sechzig Jahre zuvor rezitierten Worte Antigones oder aber eine halb menschliche, halb kosmische Eingebung. Oder schlichtweg eine Einsamkeit, die an langen Nachmittagen von einer vertrauten Wärme gespeist wurde, wenn sie am Gartenzaun stand und den Autos zusah, die auf der hochgelegenen Umgehungsstraße vorbeifuhren.

In den letzten Monaten hatte sie sich eine gebündelte Sicht auf die Zeit zugelegt. Sie lebte nicht von Tag zu Tag, sondern von Stunde zu Stunde. Als sie die Neunzig überschritten hatte, die Grenze, die sie dem Schicksal gebieterisch eingeräumt hatte, fühlte sie sich wie ein Relikt. Und sie klebte mit einer verwirrenden Intensität an der Gegenwart, ohne Bedauern und ohne Hoffnungen.

Mit emsiger Fürsorge widmete sie sich einem Gemüsebeet am Ende des Gartens. Sie kam mir wie eine Visionärin vor, wie schon damals, als ich noch klein war. Doch während ich ihre Illusionen früher nicht teilte, hörte ich ihren Reden über das Gedeihen des Gemüses nun aufmerksam zu. Sie war eine Visionärin im kleinen geworden.

Dadurch konnte sie auch die Behinderung besser verstehen. Früher hatte sie sie gehaßt, jetzt liebte sie ihre unbeschwerten Freiräume. Sie fragte nicht mehr danach, wann Paolo versagte, sondern danach, wann er Spaß hatte, wann es ihm gutging. Und die Tränen, die sie lächelnd unterdrückte, waren die einer melancholischen Freude.

Vielleicht hätten ihr die Worte gefallen, die der alte Priester mit einem Beben in seiner kräftigen rauhen Stimme am Morgen der Beisetzung an ihrem Sarg sprach. Er sprach vom Leben statt vom Tod, von der Auferstehung des Fleisches statt vom Zerfall, vom gleißenden Licht statt von der Dunkelheit. Von einer Glückseligkeit, die in den starren Gesichtern der Anwesenden Verwirrung hervorrief – in den friedlich-gelassenen Mienen der Angehörigen ebenso wie in den feierlich-ernsten der Trauertouristen. Er fand keine Worte für meine Mutter, und ich nahm dies als glückliche Fügung, denn nach ihrem Dafürhalten wären sie ohnehin unangemessen gewesen.

Nach dieser merkwürdigen Zeremonie, die vielleicht mehr mit längst vergangenen Zeiten als mit dem Rhythmus der Großstadt zu tun hatte und die eher einem Fest als einem Begräbnis glich, kam es mir beim Verlassen der Kirche so vor, als begleitete ich sie auf eine letzte Reise durch die Felder. Und als wir an diesem warmen, klaren Junitag auf der baumbestandenen Landstraße an unverputzten Mauern entlang dem Auto mit dem Sarg folgten, mußte ich an die Sonne denken, die sie lieben gelernt hatte und die durch die Zweige schimmerte, in weiter Ferne und nah.

Eine verspätete Beratung

Unter den vielen Ärzten, die sich mit Paolo befaßten, war einer, von dem ich fast alles vergessen habe: sein Gesicht, seinen Namen, die Umstände der Konsultation. Wir wandten uns, wenn ich nicht irre, dreizehn Jahre nach Paolos Geburt an ihn. Ein Freund von uns hatte ihn als einen sehr erfahrenen Spezialisten mit gutem Ruf empfohlen. Wir hofften auf eine Bestätigung der bisher angewandten Behandlungsmethoden und vielleicht sogar auf einen endgültigen Rat, der eine Beschleunigung der unbestreitbaren Fortschritte ermöglichte. Ich erinnere mich nicht mehr, wo er wohnte, und auch an seine Praxis nicht (häufig interessieren mich Räumlichkeiten mehr als ihre Bewohner). Von Zukunftsängsten, die Menschen mit einem behinderten Kind nie ganz verlassen, waren wir zu der Zeit nicht so sehr geplagt. Wir sahen seiner Beratung gelassen entgegen.

Das einzige, woran ich mich erinnere, doch daran ganz besonders, sind seine Worte, die ich hier im Stil der antiken Geschichtsschreiber wiederholen möchte (obgleich diese ihn nicht immer ausdrücklich offenbarten), das heißt, ich gebe die unmißverständliche Bedeutung seiner Worte mit meinen eigenen wieder: »Glauben Sie mir, es tut mir leid um die Mühe, die Sie sich gemacht haben, insbesondere Sie, Signora, aber sie war vollkommen unnütz. Ich habe keinerlei Vertrauen zur Doman-Therapie. Sie zeichnet sich nur dadurch aus, daß sie die Fortschritte vorwegnimmt, die der Patient ohnehin machen würde. Den Kopf des Kindes vierhundertmal pro Tag um einhundertachtzig Grad zu drehen und sein Gehirn mit Reizen zu bombardieren hat durchaus eine gewisse Wirkung. Aber die ließe sich auch durch intensives Streicheln der Zehen oder durch einen Parkspaziergang in einem von der Mutter geschobenen Rollstuhl erzielen. Die gesunden Reaktionsabläufe des Kindes können mehr als die von Doman attackierte Pathologie. Für Sie ist das eine bittere Überraschung, ich weiß, doch der Junge hat, soweit ich erkennen kann, Fortschritte gemacht. Ist es denn so wichtig, zu wissen, warum?«

Wahrscheinlich hat er uns an dieser Stelle angelächelt, solidarisch und sich stolz in sein Wissen fügend.

Doch ich merke (und es ist vielleicht kein Zufall), daß ich mich noch an unsere Reaktion erinnere, die uns beide überraschte. Die größte Überraschung für den Menschen ist immer noch er selbst. Es war, als hätten wir von einem Streich erfahren, den man anderen und nicht uns gespielt hatte. Diese Ansprache erschütterte uns nicht so, wie ihr Autor es erhofft hatte (den ich heute, nach vielen Jahren, einschätzen kann). Nie würde ich einem ehemaligen Schüler sagen, seine Studien seien vollkommen unnütz gewesen und er hätte auf anderem Wege besser lernen können, was er sich mühsam in der Schule angeeignet hat. Grausamkeit wird oft als unbewußt bezeichnet, nur weil sie sich hinter einem Lächeln verschanzt. Die Klinge dringt zwischen die Rippen, aber der, der dich erdolcht, stützt dich liebenswürdig und spendet dir Trost. Die Ärzte allerdings – natürlich nur die schlechten – haben eine zusätzliche Rechtfertigung, nämlich die Pflicht zur Offenheit (eine weitere ist die Dummheit, doch das wissen sie nicht). Der Spezialist empfand einen wonnigen Schauer, als er uns kundtat, daß wir uns ein Jahrzehnt lang umsonst abgemüht hatten. Doch gerade diese Erkenntnis setzte ihn in unseren Augen herab und entkräftete die Glaubwürdigkeit seiner Bilanz. Er hatte aus Spaß am Paradoxon und aus wohlwollendem Eifer gewiß übertrieben. Seine diskrete Grausamkeit beruhigte uns.

Mir kam eine Novelle von Maupassant in den Sinn, die meines Wissens *Der Schmuck* heißt: Nachdem die Protagonistin Jahre ihres Lebens geopfert hat, um die Schulden für ein geliehenes Diamantkollier zu begleichen, das sie verloren hatte, erfährt sie am Ende der Geschichte voller Entsetzen, daß das ursprüngliche Kollier unecht war. Nein, wir reagierten nicht so panisch, auch nicht im nachhinein, und das ist der Unterschied zwischen den beiden Situationen. Diese Jahre waren ein Aufstieg für das Kind und für uns gewesen, sie hatten uns geholfen, zu hoffen. Wahrscheinlich vermittelten wir ihm durch die tägliche Tortur einer hartnäckigen Gymnastik auch ein unverantwortliches Vertrauen auf Heilung. Und betrachten wir die Ergebnisse, war wohl das das Entscheidende.

Wir haben seitdem nie wieder über diesen Arzt gesprochen. Die befürchtete »Wiederkehr des Verdrängten« macht uns auch heute noch keine Angst. Vielleicht haben wir ihn nicht verdrängt, sondern vergessen. Dabei hatte er in mancher Hinsicht recht.

Doch er selbst war der falsche Mann.

»Ja«, antwortet Franca. »Wie alle Jungen in seinem Alter.«

»Woher weißt du das?«

Wir sitzen im Zimmer von Paolo, der auf den Hof gegangen ist, um mit dem Elektroauto herumzufahren. Sie zeigt auf das Bett.

»Ich beziehe es jeden Tag neu.«

»Und es sind keine nächtlichen Samenergüsse.«

»Nein, es sind keine nächtlichen Samenergüsse.«

»Hast du ihn dabei gesehen?«

Sie schaut mich ungeduldig an.

»Nein, aber so gut wie.«

Ich tue gleichgültig, doch ich bin es nicht. Ich nicke: »Das ist normal.«

Ich weiß nicht, ob mich das trösten oder traurig stimmen soll.

Sie sagt: »Jedenfalls solltest du mit ihm sprechen.«

»Und worüber?«

»Nein, nicht darüber«, antwortet sie ernst. »Über das Thema ganz allgemein. Das kann ihm helfen, erwachsen zu werden.«

»Kommt er dir kindisch vor?«

»Fang bitte nicht wieder mit deinen Wahnvorstellungen an! Das hat dir die Ärztin auch schon gesagt, und die kennt sich aus! Du kümmerst dich immer nur um den Verstand!«

Ich weiche ihrem Blick aus. »Ich kümmere mich um das Wichtigste.«

»Natürlich, aber sein Erfahrungsschatz ist begrenzter als der seiner Altersgenossen. Gerade deshalb solltest du mit ihm reden.«

»Meinst du, das tut ihm gut?«

»Ja!«

Sie ist selbst überrascht.

Mit der Skepsis der Ehegattin sagt sie: »Auf dich hört er wenigstens!«

Ich schweige.

»Und außerdem – bist du nun Lehrer oder nicht? Du könntest ruhig auch mal deinem Sohn etwas beibringen!«

»Gut«, antworte ich, ebenfalls skeptisch.

Er liegt mit einem Kissen im Rücken auf dem Bett, die Füße nebeneinander.

»Paolo, kann ich mal kurz mit dir sprechen?«

Das ist die unvermeidliche Einleitung für die wichtigsten Probleme, für solche, für die wir wenig Zeit haben.

Besorgt verzieht er das Gesicht, schlecht verhohlenes Mißtrauen. Er empfängt mich wie einen ungebetenen Gast oder wie die Sorte von Leuten, die dich zur Essenszeit anrufen, weil sie, wie sie zugeben, dann sicher sein können, dich zu Hause anzutreffen. Mir fällt sofort eine Freundin von mir ein, die mir von dem unergründlichen Widerstand ihrer Tochter gegen ein Gespräch mit ihr erzählte. »So, wie ich dich kenne, wundert mich das nicht«, sagte ich zu ihr. Doch dann, ernster: »Meinst du nicht, daß zum Gespräch auch Schweigen gehört?«

Ich mache nun den gleichen Fehler.

»Ja«, sagt er und richtet sich mühsam auf dem Bett auf. »Worüber denn?«

»Über die Beziehung zu Mädchen.«

Mein Ton ist plötzlich zwanglos, als folgte ich einer merkwürdigen Idee, die mir gerade so in den Sinn kommt.

Er schreckt leicht hoch, dann legt er die Füße wieder übereinander.

»Willst du darüber sprechen?«

Er nickt.

»Weißt du zum Beispiel über Sex Bescheid?«

Wieder nickt er.

»Weißt du, warum ich dich das frage? Weil ich es in deinem Alter noch nicht wußte.«

Das stimmt. Er sieht mich leicht irritiert an. Ich hatte damals zwar einige Teile des Puzzles entdeckt, wußte jedoch nicht, wie ich sie zusammensetzen sollte. Ich hatte mir sogar vorgestellt, die Frau besäße eine Saugpumpe und der Mann würde von ihr angezogen. Absurd, aber gar nicht so verkehrt.

»Du bist ein hübscher Kerl, du hast Probleme beim Gehen und Sprechen, aber du könntest sehr gut ankommen.«

»Hm«, sagt er widerwillig.

»Du hast Humor und bist sehr liebenswürdig. Das gefällt den Mädchen. Und du bist galant.«

Ich zwinkere ihm zu, und er lächelt zum erstenmal.

»Was also fehlt dir, um sie zu erobern?«

Ich stelle es als gegeben hin, daß ihm etwas fehlt, und das läßt sein Unbehagen wiederaufkeimen. Ein weiterer Fehler ist, die Antwort ausgerechnet von ihm zu verlangen.

»Vielleicht ist da etwas, was dir fehlt«, sage ich.

Er sieht mich mit resignierter Neugier an. Er wußte schon vorher, daß Erwachsene fragen, um selbst zu antworten.

»Ein bißchen Pfiffigkeit! Du mußt ihr Interesse wecken. Du mußt versuchen, sie zu überraschen.«

Ich erzähle ihm, was meine Mutter, die an meinen Liebesgeschichten lebhaft Anteil genommen hatte, mir über Frauen erzählte, als ich so alt war wie er. Sie sprach von ihnen wie von mechanischen Objekten mit programmierten Reaktionen und ließ eine gewisse Verachtung durchblicken, die der, die sie für Männer empfand, in nichts nachstand.

Paolo staunt.

»Du darfst dich nicht so kindisch anstellen«, sage ich. »Manchmal bist du etwas schwer von Begriff.«

»Das bist du auch.«

Er weiß, daß Vorwürfe zurückzugeben immer funktioniert. Ich lache. Er gewinnt wieder festen Boden unter den Füßen. Vielleicht ist es das, was auch ich will.

»Weißt du, das ist nicht das Problem«, rede ich weiter. »Alle Männer sind auf ihre Art kindisch. Wir kommen nie aus der Kindheit heraus. Wir waren zu lange drin.«

Er hört mir mit wachsendem Interesse zu. Es geht weniger um ihn als um die Männer im allgemeinen. Auch mein Interesse wächst für das, was ich sage (lehrt man nur, wenn man lernt?).

»Darum stört es die Frauen nicht, daß die Männer kindisch sind. Es genügt, wenn sie es nicht allzusehr und nicht in einem fort sind.«

Er sagt nichts dazu, scheint aber einverstanden zu sein.

»Du solltest dir eines von diesen selbstlosen Mädchen suchen, die auch ein paar Schwierigkeiten in Kauf nehmen. Was nicht heißt, daß es mit denen nicht auch böse Überraschungen gibt.«

»Na und?«

Wenn die Sache zu kompliziert wird und sein Fall in der universellen Kompliziertheit untergeht, wird er immer ruhig.

Um mich aus der Affäre zu ziehen, sage ich: »Na, jedenfalls hast du verstanden, was ich meine.«

»Nein.«

Wir lachen beide. Vielleicht haben wir uns nicht verstanden, aber verständigt haben wir uns.

Er nutzt das aus, um sich mir endgültig zu entziehen, was im Augenblick sein sehnlichster Wunsch ist. Um mir aus der Verlegenheit zu helfen, sagt er: »Papa, das hat noch Zeit.«

Damit hast du nicht gerechnet

Zwischen seinem zehnten und seinem fünfzehnten Lebensjahr sagte er diesen Satz bei verschiedenen Gelegenheiten zu mir: als es ihm gelang, aus eigener Kraft die drei Stufen zu erklimmen, die ihn vom Hochparterre trennten, während ich den Fahrstuhlknopf drückte. Als er mit zitternder Hand die Flasche neigte und, ohne einen Tropfen zu verschütten, Mineralwasser ins Glas goß. Als er den Ball in einen großen Korb warf, ohne nach hinten zu fallen und mit dem Nacken auf der Gummimatte aufzuschlagen. Oder als er am Telefon zwei Karten für ein Volksmusikkonzert bestellte, für seine Lieblingsgruppe, und der Verkäufer die Reservierung aufnahm, anstatt die Verbindung zu unterbrechen. Dabei hält man seine langsame, schleppende und manchmal unartikulierte Redeweise oft für einen Scherz und legt auf. Oder man bittet ihn, den Satz zu wiederholen – mit dem gleichen Ergebnis. Er gibt nicht auf, mit sogleich verschwitztem Gesicht, glänzenden Augen und einer Entschlossenheit, die mich stolz und wütend macht. Gern würde ich dazwischenfahren und ins Telefon schreien, man solle gefälligst aufmerksamer und konzentrierter sein und sich nicht gleich auf dieses »Ich verstehe nicht« zurückziehen, in dem sich so viele gefallen, anstatt daß es ihnen leid tut.

»Nein, damit habe ich nicht gerechnet«, antwortete ich ihm, hell begeistert über meine Aufrichtigkeit. Bis ich merkte, daß es ihn verletzte. Es war, als risse ich eine Wunde, die er schließen wollte, wieder auf. Wir stellten es beide verkehrt an. Er errötete in einer nachträglichen Schwermut, die ihm die gegenwärtige Freude verdarb, und eine besorgte Ahnung flackerte in seinen Augen auf wie die Bestätigung einer unauslöschlichen Angst, während ich versuchte, die Gegenwart aufzuwerten, was aber die Vergangenheit nur noch unerträglicher machte. Zu erleben, wie uns von den Menschen, die uns am wichtigsten sind, das Vertrauen entzogen wird, ist eine grausame Erfahrung, die wir alle schon gemacht haben. Durch sie sind wir gegen Rückfälle gefeit, doch das bezahlen wir mit einer Härte, die uns das Glück der Kapitulation verwehrt, uns und den anderen.

Paolo wollte nicht, daß ich ihm das Mißtrauen bestätigte, mit dem allzu viele Eltern das Heranwachsen ihrer Kinder begleiten. In seiner schwerfälligen Naivität hoffte er, daß die Gegenwart ein erlösendes Licht auf seine Vergangenheit warf. Daß das unumstößliche Verdikt über seine Zukunft durch ein rückwirkendes Urteil abgeändert werden könnte. Bis mir eines Abends ein Satz aus meiner Kindheit wieder in den Sinn kam, mit dem mich mein Italienischlehrer in einem Ausbruch von Dummheit und Grausamkeit bedacht hatte (»Du wirst nie schreiben können!«), ein Satz, den ich nie vergessen habe und der mich in seiner Ungerechtigkeit bis heute verfolgt. Mir wurde klar, daß ich mit Paolo die Vergangenheit ändern mußte, um sie für ihn akzeptabel zu machen (während mir das mit der eigenen nicht mehr möglich war). Also sagte ich ihm ernst und mit jener Ehrlichkeit, die wir entdecken, wenn wir sie vortäuschen: »Weißt du, es ist nicht so, daß ich nicht an dich glaube. Ich habe gehofft, daß du es schaffst, doch ich wollte mir keine Illusionen machen. Ich wußte, wenn ich mir Illusionen machte, würde ich bei jedem Fehler von dir wütend werden. Darum habe ich meinem Gefühl zum Trotz die Hoffnung lieber aufgegeben. Verstehst du?«

Ich weiß nicht, ob er meine Worte verstand. Oftmals verstehen die anderen nur, daß wir aufgeregt sind und ihnen helfen wollen. Und im Gegenzug geben sie uns, was wir brauchen: ihre Hilfe.

Seitdem hat mich Paolo nie wieder gefragt, ob ich damit gerechnet hätte.

Ein Mädchen am Telefon

Ich sehe ihn hochrot am Telefon stottern. Sein Gesicht ist schweißbedeckt, seine Augen glänzen.

Franca, die dicht an mir vorbei in den Flur hinausgeht, flüstert mir zu: »Es ist ein Mädchen, das ihn schon mal angerufen hat.«

Er hat den Kopf gesenkt und fragt sie mit seiner etwas heiseren und erschöpften Stimme: »Und wie heißt du?«

Er hört ihr still zu, sein Atem geht schwer. Dann sagt er verstört: »Ich weiß nicht mehr.«

Er schaut auf und wendet den Blick sofort wieder ab, als er mich sieht.

Er seufzt, holt tief Luft. Wenn ich dabei bin, dränge ich ihn für gewöhnlich mit entsprechenden Gesten, schneller zu antworten, damit er seinen Gesprächspartner nicht ermüdet. Doch diesmal unternehme ich nichts.

Er fragt sie in seiner langsamen Art, doch mit begehrlichem Augenzwinkern: »Wo wollen wir uns treffen?«

Sie hat offenbar nicht verstanden, denn er versucht, wie immer in diesem Fall, die Silben zu trennen: »Wo wol-len wir uns tref-fen?«

Er wartet ängstlich. Ich möchte ihn am liebsten in den Arm nehmen. Er fragt: »Wann?«

Dann steht er mit dem Telefon in der Hand da, erstaunt, bestürzt.

Ich setze mich neben ihn. »Hat sie aufgelegt?«

»Ja.«

»Kennst du sie?«

Er schüttelt den Kopf. Ich fürchte, er bricht gleich in Tränen aus.

Ich weiß nicht, was ich sagen soll. Die Wahrheit. Unverzüglich. Wenigstens die Wahrheit.

»Das ist ein Scherz, Paolo. Das darfst du nicht ernst nehmen!«

Er nickt.

»Es ist ein blöder Scherz. Das haben sie in meiner Klasse auch immer gemacht. Die Mädchen haben welche aus einer anderen Klasse angerufen, ohne zu sagen, wer sie sind.«

Ich lüge (soviel zur Wahrheit!). Doch es könnte wahr sein.

»Zeig's ihr!« dränge ich. »Laß sie links liegen, sie ist eine dumme Gans. Sag ihr das beim nächsten Mal!«

Er sieht mich an: »Nein!«

»Aber ja doch! Du mußt lernen, daß es auch dumme Mädchen gibt. Laß ihnen keine Chance!«

»Aber was zählt, ist die Liebe!« sagt er mit erstickter und dann klarer Stimme.

Er fügt hinzu: »Das weißt du vielleicht nicht!«

Er versucht, sich mir zu entwinden, mein Arm liegt auf seiner Schulter.

»Doch, Paolo, das weiß ich!«

»Sie hat davon erzählt.«

Ich spüre, daß ich ihn ablenken muß, nicht ihm beistehen. Es wäre schlimm, wenn er meine Erregung bemerkte.

»Sie ist bloß ein kleines Mädchen, sie sollte dir leid tun«, antworte ich, während ich mit beiden Händen seine Hand ergreife. »Das sind zwar blöde Scherze, aber ich kann ihr nicht mal richtig böse sein!«

Er starrt mich verwundert an.

»Doch, daß sie dich veralbert, ist blöd«, rede ich weiter. »Sogar grausam. Doch sie behandelt dich, wie sie auch andere behandeln würde. Sie bemitleidet dich nicht, verstehst du? Natürlich können wir sie nicht toll finden, aber es gibt Schlimmeres.«

Ich weiß nicht, was ich da erzähle, aber ich habe ihn abgelenkt. Und irgend etwas hat ihn wohl auch getröstet. Er beruhigt sich.

Ich füge hinzu: »Wenn sie größer ist, wird sie die erste sein, die begreift, daß sie was Blödes getan hat.«

Der Satz überzeugt ihn nicht. Ich habe unseligerweise das Wort zuviel gesagt, das alle anderen zunichte macht. Wozu Vermutungen über die Zukunft dieses Mädchens anstellen? Wozu soviel aufgeschobene Wohltätigkeit?

»Du hast recht, Paolo. Vielleicht bleibt sie ja eine dumme Gans. Bedenke nur mal, wie viele Dummköpfe herumlaufen. Meinst du, als Kinder waren die klug?«

Er muß lächeln.

»Na also, so ist es gut«, sage ich. »Es lohnt sich nicht, darüber nachzudenken, warum sie das getan hat.«

Sein Gesicht ist wieder ernst und enttäuscht, und mit leiser Stimme antwortet er: »Sie hat es getan, weil ich behindert bin.«

Gebete

Bis zu Paolos zweitem Lebensjahr sollte die Heilung noch *vollständig* sein. Das war mein Anliegen, wenn ich sonntags in der Kirche betete. Nach Jahren der Abkehr und, wie ich annahm, des Abschieds hatte ich wieder begonnen, zur Messe zu gehen. Eine innere Stimme (ich hörte sie deutlich, sozusagen körperlich, und sie klang nicht wie meine) sagte mir, man werde mich erhören.

Dann schraubte ich meine Ansprüche zurück. Ich verzichtete auf das Adjektiv *vollständig*. Mir genügte nun eine teilweise Heilung. Ich war gewillt, in diesen ebenso leidenschaftlichen wie ungleichen Verhandlungen mit dem, der alles vermag, einige Beeinträchtigungen für Paolo in Kauf zu nehmen. Zugeständnisse (ob an mich oder an den Allmächtigen, weiß ich nicht), die ich früher für grausam gehalten hätte, die mir nun jedoch annehmbar erschienen, da sein Zustand sich – zumindest an unseren Erwartungen gemessen – als ernster erwies. Nach einem längeren Schweigen antwortete mir die Stimme: Ja, so soll es sein.

Nach dieser Begegnung fühlte ich mich gestärkt. Und durch mein Verhandlungsgeschick auch ermutigt. Ich versprach nichts, was ich nicht auch hätte halten können. Nein, verlassen wollte ich sie nicht, das versprach ich nicht. Ich konnte sie weder aus eigenem Antrieb aufgeben, noch war ich zu einer Amputation bereit, mit der ich mich nicht hätte abfinden können. Zumal der Allmächtige sie gar nicht von mir verlangte. Ich war mir seiner Duldsamkeit ziemlich sicher, auch wenn ich wohlweislich darauf verzichtete, ihn – und mich – ausdrücklich auf die Probe zu stellen. Was hätte ich getan, wenn er mit Nein geantwortet hätte?

Ich weiß, daß diese Art zu beten absurd oder gewissenlos erscheinen kann. Ich habe darauf keine andere Antwort, als daß sie eben meine Art war. Allerdings sage ich hier nichts über die Leidenschaft, die Inbrunst und die Hingabe, mit der ich betete. Diese Vorstellung überlasse ich – wie die Erzähler es früher nannten, wenn sie sich dem Risiko des Irrtums entziehen wollten – der Phantasie des Lesers. Andere Autoren beschreiben auch dies, vor allem heutzutage, doch ich bin mir nicht sicher, ob der Leser dabei gewinnt. Das Gefühl wird von einer Rührseligkeit überschattet, die den Blick trübt und die Stimme blockiert. Es genügt, wenn der Leser aus seiner Erfahrung schöpft, er wird dann mühelos verstehen. Daß niemand mit den Händen in den Taschen zum Allmächtigen betet, versteht sich von selbst.

Doch bei den Treffen mit ihr machte ich Zugeständnisse. Ich wollte sie pro Woche einmal weniger sehen, obgleich das auch Debatten mit ihr heraufbeschwor, da sie ja keine Ahnung von meinen Verhandlungen mit dem Allmächtigen hatte. Darüber hinaus gelobte ich Opfer bei den Gaumenfreuden, was nicht ohne positive Auswirkungen auf meine Diät blieb, die allein nicht ausgereicht hätte, um mir solche Opfer aufzuerlegen. Vermutlich setzte ich bei diesem praktischen Kompromiß auf die Duldsamkeit und Nachsicht meines göttlichen Gesprächspartners. Aber keineswegs – in Anbetracht seiner Allwissenheit – auf seine Zerstreutheit.

Wo ich dieses paranoische Aufwiegen von Geben und Nehmen herhabe, weiß ich nicht. Vielleicht aus dem Religionsunterricht meiner Kindheit, wo eine letztlich göttliche Gerechtigkeit die Belohnung kleinerer Opfer garantierte. Das war immerhin schon ein Fortschritt gegenüber den römischen Feldherren, die die Vorhänge ihrer Sänfte schlossen, um vor einer Schlacht keine ungünstigen Zeichen der Götter zu sehen, und darauf hofften, sie so zu einer Programmänderung zu bewegen. Aber ich, vielleicht durch die Jahrhunderte geschult, hielt nicht starr an den Regeln fest, sondern verfolgte eine weichere Linie.

Ich bat um eine Wunderheilung, weil ich mich erinnerte, daß sie im Evangelium oft durch den Glauben erlangt worden war. Doch wie war mein Glaube? Sporadisch und wechselhaft: stark in der Not, ansonsten schwach und kleinmütig. Wenn wir uns fragen, ob die alten Römer und Griechen *wirklich* geglaubt haben, sollten wir uns auch fragen, wie denn wir glauben.

Es lag jedoch etwas Unbezwingliches in dem Bedürfnis zu beten, eine Notwendigkeit, die nicht weniger unausweichlich war als die, mit der ich kämpfte. Und daß der Verstand sie für an sich nicht reduzierbar hielt, störte mich nicht, da sie viel stärker im Vordergrund stand. Diese Wahrnehmung hatte ich nur, wenn ich betete, wie vor dem grellen Licht eines Feuers in wenigen Metern Abstand. Je weiter ich mich entfernte, um so schwächer wurde das Leuchten in der Nacht oder um so stärker verlor es sich im Tageslicht. Wenn ich dicht am Feuer stand, hatte ich den Satz des Evangeliums im Ohr, mit dem der an die Heilung glaubende Mensch entlassen wird: »Geh hin, dein Glaube hat dir geholfen.« Doch schon wenn ich auf dem Weg zu unserem Haus war, das sich in eine neurotische Turnhalle für zu langsame Fortschritte verwandelt hatte, begleitete er mich nicht mehr. Erst heute, nach dreißig Jahren, beginne ich zu verstehen oder, zumindest rückblickend, geduldiger zu werden. Wenn wir jung sind, wollen wir alles von Gott, und zwar sofort, denn Gott ist so jung wie wir. Dann werden wir älter, und auch Gott wird langsamer. Außerdem hat er uns genug Zeit zum Reiferwerden gelassen. Kürzlich untersuchte mich ein junger Homöopath wegen einiger Beschwerden, und ich fragte ihn unbedachterweise: »Werde ich wieder gesund?« Er sah mich verdutzt an: »Sie reden davon, gesund zu werden? Wenn Sie an den Tod denken, werden Sie bemerken, daß das Wort ›gesund‹ nicht mehr den Sinn haben kann, den Sie ihm zuschreiben.«

Ich stimmte ihm voller Verwunderung darüber zu, daß ein dreißig Jahre jüngerer Mann so pragmatisch über das Thema der Heilung nachgedacht hatte. Trotzdem wechselte ich den Arzt.

Seine Antwort verhalf mir zu der Erkenntnis, daß wir auch von der Dummheit nie ganz geheilt werden. Und über das Gebet habe ich meine Meinung ebenso geändert wie über die Heilung. Vielleicht stimmen Gebet und Heilung überein, und das Gebet ist Heilung: nicht von der Krankheit, aber von der Verzweiflung. Sogar in den Momenten des Alleinseins durchbricht das Gebet die Einsamkeit des Sterbenden.

Noch heute versetzt es mich in Kontakt zu einer Stimme, die mir antwortet. Ich weiß nicht, was es für eine ist. Doch sie ist beständiger und gewichtiger als die Stimme dessen, der sie verleugnet. Oft habe auch ich sie verleugnet, um sie dann in den schwierigsten Momenten wiederzufinden. Und sie war kein Echo.

Ich weiß, daß der Überlebende ebenso betet wie der

Sterbende, der Sieger ebenso wie der, der seiner Niederlage entgegengeht. Doch ich verzichte schon lange auf die himmlische Buchführung, auf das Aufwiegen von Geben und Nehmen, auf die rein rechnerischen Erwartungen vom Göttlichen.

Ich werde mich mit einer letzten Begegnung mit der Stimme begnügen (nie gab es ein Verb, das melancholischer und klarer war). Sollte mir irgendwann alles fehlen, wird sie nicht fehlen.

Ein Behinderter glaubt aus Gründen der Kompensation. Das zumindest glauben die anderen. Diese listige und barmherzige Auslegung entbehrt nicht einer gewissen Logik. Wenn man sich an den Allmächtigen wendet, weil man ihn braucht (was auch in den zwischenmenschlichen Beziehungen vorkommt), wer braucht IHN dann schließlich mehr als ein Behinderter, der ständig der Hilfe bedarf? Das könnte auch bestätigen, daß meine Beziehungen zum Allmächtigen am Durchschnitt gemessen wohl doch nicht so unnormal sind.

»Was für ein Glück!« kommentieren sie Paolos Glauben. »Ansonsten ... in seiner Lage ...« fügen die Sensibleren hinzu und beenden den Satz feinfühligerweise nicht. »Was für eine wunderbare Hilfe!« erklären die Euphoriker. Und die Zyniker, die zudem glauben, besonders scharfsinnig zu sein, halten es mit Voltaire: »Gäbe es Gott nicht, so müßte man ihn erfinden.« Sie denken nicht an sich, sie denken an ihn. Das ist sozusagen der »Grenznutzen« der Behinderten, wie ein Wirtschaftsexperte für soziales Leid es formulieren könnte. Sie haben den gemeinschaftlichen Auftrag, für die anderen zu leiden. Und ihre Last nimmt immense Ausmaße an, da sich hinter ihr auch die Last der Allgemeinheit verbirgt. Doch die Realität sieht etwas anders aus. Behinderte sind daran gewöhnt, mit der Behinderung zu leben und sie zu ertragen, sie haben nicht das unerträgliche Bild von ihr, das Gesunde haben. Und ihr Glaube ist keine Flucht, sondern eine Errungenschaft.

Die Armen erlangen das Himmelreich, das ist kein schlechter Tausch. Wer das Erdenreich hat, oder eine Parzelle davon, hat keinen Grund, sie zu bemitleiden, und tut es doch ständig. Das ist die groteske Seite einer Beziehung, in der der Mitleidige der erste ist, der bemitleidet werden müßte. Doch wehe, man sagt ihm das! Wer Mitleid zur Schau trägt, rechnet nicht damit, bei den anderen selbst welches hervorzurufen. Es ist vielmehr seine Art, es zu verbannen und fernzuhalten. Dabei ist es der kürzeste Weg, es zu verdienen.

Mir ist aufgefallen, daß Paolo eine besondere Vorliebe für Zeremonien hat. Am liebsten mag er Feierlichkeiten wie Taufen, Firmungen und Hochzeiten, doch auch Bestattungen erfüllen ihn mit besonderer Rührung. Ich sprach ihn darauf an, wobei ich versuchte, unbeschwert und ironisch zu wirken, doch er wollte nichts davon hören.

Wie man mir in der Nachbarschaft erzählt, versteht er sich auch sehr gut auf *Beileidsbekundungen* beim Tod von Eltern oder Freunden, einem klassischen Genre, das wohl aus der Mode gekommen ist. Er benutzt eine langsame, heisere Redeweise, um Worte zu sagen, die von weit her zu kommen scheinen und die den Zuhörer ergreifen. Das gefällt mir und beunruhigt mich. Ich möchte nicht, daß man ihre Kraft überschätzt, weil sie aus der Schwäche heraus geäußert werden.

Ich beschließe, offen mit ihm zu reden (das heißt,

eigentlich *brauche ich ihn*), und gestehe ihm, daß ich bei solchen Mitteilungen sowohl froh als auch irritiert bin. Er sieht mich resigniert und enttäuscht an. Dann sagt er mit seiner angestrengten Stimme: »Da staunst du, was?«

Einmal sagte er würdevoll lächelnd einen Satz zu mir, der aus dem Evangelium stammen könnte: »Du bist nicht der einzige Meister.«

Es kommt vor, daß ich ihn als Vermittler benutze. Wie man sieht, teile ich unbewußt die Ansicht, daß die Behinderung einen besonderen Zugang zum Allmächtigen ermöglicht. Und daß der Allmächtige seinerseits empfänglich für Empfehlungen ist. Ich bin dermaßen betroffen vom Unsinn dieser Sichtweise, daß ich versuche, mich zu rechtfertigen, indem ich überlege, wie viele andere Menschen sie wohl teilen. Das Ergebnis ist nur, daß ich sie maßstabsgerecht vergrößere und dieser kollektive Unsinn seinen Schatten (oder sein Licht?) auch auf mich wirft.

Paolo sieht mich an und ahnt, welchen gewundenen Pfaden mein Anliegen entspringt. Er antwortet mir mit einem Satz, den er wahrscheinlich in der Kirche oder in seiner Jugendgruppe aufgeschnappt hat (bei der objektiven Beurteilung unserer Kinder schwanken wir zwischen ausgleichendem Größenwahn und ängstlicher Unterschätzung). Gleichwohl kommt ihm das Verdienst zu, ihn sich im richtigen Moment angeeignet zu haben, was ein Zeichen von Originalität ist: »Weißt du, das Gebet ist keine Zauberei.«

Paolo hat einen der Ärzte aus der Klinik nicht in guter Erinnerung – um es mit diesem verwegenen Euphemismus zu sagen. Er haßt ihn auch heute noch, und zwar nicht nur, weil er seine Ironie erdulden mußte, sondern auch weil er nicht darauf reagieren konnte. Eine Beleidigung wird unerträglich, wenn wir ihr die Schande unserer Schwäche hinzufügen.

Ich entnahm seinen Erzählungen, daß er gelähmt war wie ein Insekt nach einem Spinnenbiß im Zentrum des Netzes. Mir war es als jungem Mann in meiner Militärzeit mit einem Unteroffizier ähnlich ergangen, der ebenso ungebildet wie verschlagen, ebenso feige wie höhnisch war. Nie sollte es mir gelingen, ihn von meinem Wert zu überzeugen. Es ist ein aussichtsloser Kampf, wenn wir gegen jemanden antreten, der uns diesen Wert abspricht. Je mehr wir uns bemühen, um so mehr wird der andere, der dies durchschaut, ihn negieren. Und vielleicht wollen wir gerade ihn überzeugen, weil er den unbesiegbaren Feind verkörpert, der in uns selbst schlummert.

Paolo konnte seinen Sarkasmen nichts entgegensetzen, als er ihm beispielsweise vorhielt, die kirchlich geleitete Jugendgruppe der Klinik vorzuziehen.

»Aber es stimmte doch!« sage ich ruhig, um ihn zu mehr Sachlichkeit zu bewegen (dabei reizen wir die anderen nur zu gern, wenn wir recht haben, unsere Kinder und Eltern eingeschlossen).

»Nein!« widerspricht er heftig. »Er hat mich nur auf den Arm genommen!«

Ich sehe ihn ungläubig an. Er übertreibt mit seinem Hang zu Extremen, von dem er weiß, daß er mich amüsiert: »Er war ein Schuft! Das mußt du ihm heimzahlen!«

»Machst du Witze oder ist das dein Ernst?« frage ich ihn.

Ich weiß nicht, ob er mit spielerischer Reife oder mit der Unreife einer aufgeschobenen Rache argumentiert.

Auch er sieht mich an, um herauszufinden, ob ich Witze mache oder es ernst meine.

»Beides«, antwortet er.

Seine sibyllinische Entscheidung fällt jedesmal so aus, kindisch und weise, subtil und schlicht. Er hat begriffen, daß das Nebeneinander der Widersprüche das Tor zur Erkenntnis und auch zum Zusammenleben ist.

»Gut, er hat dich ein bißchen aufgezogen, was ist schon dabei?«

»Nein, er war gemein.«

Er bleibt ernst, bis er mich lächeln sieht.

»Alles an ihm war klein, sogar sein Geist«, fügt er unersättlich hinzu. Jeder Hieb, der trifft, scheint ein Sieg für ihn zu sein.

»Jetzt übertreibst du aber«, sage ich. »Er war ein guter Arzt.«

»Nein!« erwidert er mit euphorischem Ungestüm. »Er war ein Zwerg!«

»Was hat das denn damit zu tun? Jetzt argumentierst du schon mit körperlichen Gebrechen. Ausgerechnet du redest so diskriminierend?«

Er wirft mir einen irritierten Blick zu. Dann breitet er

mit der beschwörenden Miene, die er manchmal aufsetzt, die Arme aus: »Ach, komm!« ruft er. »Das ist doch normal!«

Die Reise nach Kreta

Warum wollen sie ihn mit einem fahrbaren Lift aus dem Flugzeug holen, der in der Gluthitze auf dem gleißenden Rollfeld vorrückt wie ein römischer Turm und schließlich die Vordertür mit Haken harpuniert? Vergeblich habe ich versucht, den griechischen Piloten davon zu überzeugen, daß Paolo genauso wie er vor dem Start über die Gangway eingestiegen ist, auch wieder mit uns zusammen aussteigen kann.

»In Italien vielleicht«, antwortete er, als wäre von einem exotischen Land die Rede (womit er womöglich gar nicht so unrecht hatte). »Aber nicht in Griechenland!«

So fährt Paolo auf der Insel Kreta lange vor allen anderen Passagieren langsam im Lift zum Rollfeld von Heraklion hinunter wie ein Geschenk des Himmels, das eine Theatermaschinerie auf die Bühne senkt. Mehr noch als seine Verlegenheit (die unsere ist) stelle ich mir seinen Stolz vor. Übertreibt man seine Behinderung, ist das besser für ihn, als wenn man sie unterschätzt. Als er, von einer Stewardeß gestützt, die ihre Rolle sehr ernst nimmt, aus der Kabine kommt, lächelt er gegen das Sonnenlicht, schirmt es mit der Hand ab und winkt uns zu, ohne uns zu sehen.

Das monumentale, babylonische Hotel (doch wer war schon je in Babylon?) steht oben auf einem Hang, der sich mit Terrassen, Restaurants, Schwimmbecken und

Tanzlokalen bis hin zum Meer erstreckt. Auf dem fernen Strand verstreut sind Touristenhütten zu sehen, die unsinnig komfortabel sind.

»Unsere ist die letzte, direkt am Meer.« Stolz zeige ich hinunter.

»Du bist ja verrückt!« ruft Franca. »Warum habe ich bloß dich entscheiden lassen?«

»Was ist das Problem?«

»Er!« Sie weist auf den überraschten, doch mit seiner Mutter solidarischen Paolo. »Wie soll er denn diesen ganzen Weg zurücklegen?«

»Es gibt ein Laufband!« antworte ich.

Das habe ich im Reiseführer gelesen, und das Wort macht Eindruck (eine Rolltreppe ist nichts dagegen).

Franca beugt sich mit suchendem Blick über den Balkon am Eingang, bis sie auf der rechten Seite des eingezäunten Hanges eine Gruppe Touristen im Gänsemarsch entdeckt, die an den Zypressen vorbei reglos aufwärtsstreben, als berührten sie das Gras im goldenen Dämmerlicht kaum. Auf ihren Gesichtern liegt der selige Ausdruck von Gottheiten, die im unermeßlichen Licht der Ägäis zum Restaurant emporfahren.

Am Abend klingt auf der weißen, kreisrunden Terrasse des Restaurants eine Lautsprecherstimme aus einem hohen Lampenkranz im Dunkeln und heißt Paolo zunächst auf englisch und dann auf italienisch kurz willkommen. Zurückhaltender Beifall an den Tischen, einige Gäste schauen in die Runde, andere sehen zu uns herüber.

Franca wird rot, ich stelle mein Glas ab, Paolo schreckt freudig auf.

Franca faßt sich wieder: »Nett, nicht wahr?«

»Ja«, sage ich. »Sie müßten es nur mit allen machen.«

»Wie – mit allen?«

»Mit allen Gästen. Ich weiß nicht, ob sie das auch mit den anderen Kindern machen.«

»Was interessiert dich das?« ruft sie.

Wir schreiben uns um die Wette die Frustrationen zu, die uns beiden gemeinsam sind.

»Es ist eine sympathische Geste«, fügt sie hinzu. »Weiter nichts.«

Paolo schluckt mühsam den Bissen hinunter, denn er argwöhnt Diskussionen, die er auswendig kennt, wie er uns unweigerlich zu verstehen gibt. Doch ich sage: »Das finde ich auch« und drücke seine Hand auf dem Tischtuch.

»Du bist zu mißtrauisch«, sagt Franca nach dem Abendessen, als wir uns in eine Hollywoodschaukel setzen, während Paolo in Begleitung eines Kellners am Terrassengeländer auf das nächtliche Meer hinausschaut, auf das glitzernde, grenzenlose Meer.

»Mag sein«, gebe ich zu. »Warten wir's ab.«

Es ist stets eine hoffnungslos vulgäre, deshalb jedoch nicht weniger realistische Versuchung, anzunehmen, daß jede Freundlichkeit im Preis für die Unterkunft enthalten ist, der hier zwar über unserem Einkommen, doch nicht über unseren Bedürfnissen liegt. Doch ich werde eines Besseren belehrt. Paolo wirkt zunächst abstoßend, dann aber anziehend. Er hat von Natur aus und durch Erfahrung gelernt, daß wir uns von den anderen nicht nur unsere Vorzüge vergeben lassen müssen, sondern auch unsere Nachteile. Daher begegnet er anderen Menschen mit Vertrauen, weiß er doch, daß es der beste Weg ist, selbst welches zu wecken. Was ich nur im Zustand der Gnade empfinde, empfindet er ständig: Sympathie für die Welt. Und die Welt dankt es ihm. Am Ende unserer Ferienwoche ist er der Benjamin dieser bunt zusammengewürfelten Gemeinschaft, die durch eine höchst provisorische Nähe – die Nachbarschaft – und durch ein höchst lächerliches Ziel – die Pflicht, sich zu amüsieren – zusammengehalten wird. Er wurde zu einem geschätzten Gefährten, als wäre auch die Behinderung ein Urlaub im allgemeinen Urlaub.

In anderen Ferien dagegen ruft die Behinderung Ablehnung, um nicht zu sagen Feindseligkeit hervor. Das hängt von einer Reihe von Faktoren ab, die alle verständlich, wenn auch nicht gutzuheißen sind. Dazu gehören die Lästigkeit des Gebrechens, der Preis für die Unterkunft, der Luftdruck, die saisonbedingten Stimmungen, die einheimischen Traditionen, die Meinungsgruppen, das Bildungsniveau der einzelnen, Glaube und Ideologie sowie die Kultur (auf die ich mich nicht übermäßig verlassen möchte). Zivilisiertheit vermag einiges, doch nicht alles. Ein aufgeschlossener Mensch kann zu anderer Zeit und an anderem Ort ein abweisender Mensch sein. Wer mit einer Behinderung lebt, weiß das. Und wer ohne sie lebt, auch.

Die Grotte auf dem Berg Ida, in der Zeus geboren wurde, ist ein Schlund, der die Erde schräg verschlang. Die Öffnung, die man von unten sieht, nachdem man hineingelangt ist, wird zu einem strahlenden, himmelblauen Loch, von Brombeersträuchern überwuchert und von Falken überflogen. Der Innenraum besteht aus einigen dunklen, feuchten Höhlen, die die Spuren ihrer Besucher und die Reste von Opfergaben aufweisen.

Paolo stützt sich mit den Händen an einem moosbewachsenen Felsblock ab und rührt sich nicht von der

Stelle. Seit er mit mir unterwegs ist, hat er nicht nur gelernt, was Geduld ist, sondern mehr noch, was Resignation ist.

Ich sage: »Beweg dich nicht! Ich helfe dir gleich.«

Behutsam löse ich seine an den Stein geklammerten Finger und bringe ihn über ein schwarzes Rinnsal. Ich fröstele bei dem Gedanken, wie unbedacht es war, mit ihm über die Böschung rutschend hier hinunterzusteigen, um anschließend (ich weiß noch nicht, wie) wieder ins Freie hochzuklettern.

Franca hat sich geweigert, mitzukommen.

Paolo fragt: »Wo war denn die Ziege Amaltheia?«

»Hier«, antworte ich und weise auf eine tropfende Nische im Fels.

Ich habe ihm erzählt, daß die Kreter allesamt Lügner waren, und lüge zu Ehren der Insel sofort auch.

Ich habe ihm auch erzählt, daß sie nicht nur die Grotte zeigten, in der der Gott geboren war, sondern auch den Ort, an dem er starb.

»Das Grab auch?« fragt er.

»Nein, das hat man nie gefunden.«

Diesmal lüge ich nicht.

Auf dem Rückweg in der mit Mühlen gesprenkelten Hochebene plötzlich ein verlassenes Haus mit eingerosteten Schlössern, das schon dem Verfall preisgegeben ist. Im sanften Wind des späten Nachmittags erstaunt mich ein Neonschild auf dem Dach: Hotel Zeus.

»Welches ist die Straße nach Lato?« erkundige ich mich im Hotel.

»Ich würde Ihnen nicht raten, da mit dem Auto hinzufahren«, antwortet mir der Portier auf italienisch.

»Und wie kommt man sonst hin?«

»Mit einem einheimischen Taxi. Sie ruinieren sonst nur den Wagen.«

»Wir sollten es lieber lassen«, mischt sich Franca ein.

Der Portier sieht sie mit einem einvernehmlichen Funkeln in den Augen an.

»Wieso denn?« frage ich.

»Die Dame hat recht«, sagt der Portier, ohne den Blick von ihr zu wenden. »Es gibt dort nichts als Ruinen. Auch die Straße ist eine einzige Ruine.«

Wir sind auf der Straße nach Lato, mit einem Taxifahrer, der uns wie über das Geröllbett eines Wildbachs chauffiert. Sandiges Ödland, Felsen, Schotterstellen, staubige Schlaglöcher. Paolo jubelt, doch Franca erkundigt sich: »Was ist denn so Besonderes an Lato?«

»Zwei Akropolen in den Bergen.«

Da sind sie schon, dort oben im Blau und Grün, doch das Auto stoppt auf einem tiefer liegenden Halteplatz unterhalb der Felswände auf halber Höhe im Tal.

»Ich warte hier auf Sie«, sagt der Fahrer mit dem Anflug eines mitleidigen und herausfordernden Lächelns und weist dann auf einen steilen Pfad, der sich den kahlen Bergrücken hinaufschlängelt.

Ich helfe Paolo über Steine und durch Brombeersträucher, wir klettern mit einigen Verrenkungen in der brennenden Sonne weiter.

»Komm, wir probieren eine Abkürzung.« Ich zeige auf Treppenstufen, die in den Stein geschlagen sind.

Man hüte sich vor Abkürzungen (und das nicht nur in den Bergen), besonders, wenn man Anstrengungen vermeiden will. Für uns vervielfachen sie sich, die Treppe verwandelt sich in eine Kaskade aus Steinen, ich schiebe Paolo mit der rechten Hand vorwärts, doch er kann nicht weiter. Er kann auch nicht zurück, er steht wie angewurzelt an der Wand, Arme und Beine ausgestreckt gegen den Felsen gepreßt. Ich rutsche in einer Geröllawine bis auf den Weg zurück, wo sich Franca darauf beschränkt, ihre Hände zu einer Geste zu vereinen, die Tadel oder Gebet bedeuten kann. Ich klettere wieder zu Paolo hinauf. Was tue ich da, wer bin ich, in dieser sengenden Hitze nachmittags um vier, während mein keuchender Atem gegen die Risse dieser archaischen Befestigungsanlage schlägt? Nie empfinden wir Sinnlosigkeit so stark wie in Augenblicken der Gefahr. Vielleicht weil sie uns an unser Schicksal erinnern.

Mir läuft der Schweiß in Strömen übers Gesicht, ich schürfe mir die Arme auf, doch ich schaffe es, Paolo an den Beinen zu packen. Ich schreie: »Laß los!«

Doch er traut sich nicht.

Als ich ihn herunterziehen kann und ihn in Francas ausgestreckte Arme gebe, muß ich aus unerfindlichen Gründen an die Kreuzabnahme denken. Er ist müde, aber er lächelt. Ermattet ruht er sich auf dem Boden aus und sagt leise: »Das muß ich Alfredo erzählen.«

Franca, die mit ausgebreiteten Armen daliegt, antwortet: »In drei Tagen siehst du ihn zu Hause wieder.«

Das leuchtende Kreta bei Sonnenuntergang, die Blätter der Bäume, die Weinreben auf den Hängen, das Auto, das zwischen den Mäuerchen entlangfährt, nachdem es die minoische Straße, die durch das Gebirge der Insel führt, weiter oben verlassen hat. Das Meer hier greifbar nahe, die Sonne am Horizont, unvermuteter Frieden, Stille, Ruinen in der Landschaft.

»Laß uns hier anhalten«, sage ich zu Franca, die am Steuer sitzt.

Doch es ist schon vorbei.

Pause in einem Gasthof am Meer, Sonne im Rohrgeflecht der Pergola, ein griechischer Salat, üppig, bunt, erfrischend. Franca hat einen würzigen Käse bestellt, Paolo Fisch vom Grill.

Ich sage: »Eine wahrhaft homerische Speise!«

Meine Worte machen weniger Eindruck als zwei Tage zuvor, als ich sie beim Anblick des Ida-Gebirges und eines Hammelbratens im »Hotel zu den Kureten« zum besten gab. Man soll sich nie wiederholen. Nicht der originelle Einfall wird bemerkt, sondern nur die Tatsache, daß man sich wiederholt.

Ich betrachte die Wellen, die sich auf dem kleinen Strand zwischen den Klippen brechen. Einige sonnenverbrannte Kinder tummeln sich mit fuchtelnden Armen in den Schaumkronen.

»Und wenn wir nun schwimmen gingen?« Ich lächle Paolo zu und weiche Francas Blick aus.

Ich höre sie sagen: »Jetzt reicht es aber.«

Ich sehe auch sie an. Sie weiß nicht mehr, was sie denken soll.

Ich weiß, was ich denke. Sie ist selbstlos und standhaft, während sie zwei gleichartige Lasten trägt. Ich weiß nicht, welche schwerer ist – Paolo oder ich. Ich lege ihr kurz meine Hand auf die Schulter. Sie spürt, was ich denke. Ich lächle, meine Augen sind feucht. Ich hebe mein Glas mit Retsina: »Auf Franca«, sage ich.

Erstaunt, weil ich nicht »Auf die Mama« gesagt habe, hebt auch Paolo sein Glas.

Wir schwimmen dann in der Nacht unter den Sternen, vor unserer Strandhütte, im warmen, salzigen Wasser. Paolo hat viele Jahre gebraucht, um Brustschwimmen zu lernen. Er atmet tief ein und taucht mit dem Kopf in die Wellen. Seine Schultern heben sich aus der glitzernden Oberfläche, du schwimmst wie ein Delphin, sage ich, und er gibt sein Letztes, wie auch ich als Kind es tat, wenn mir jemand zuschaute. Er dreht sich schnaufend auf den Rücken, das Gesicht nach oben.

»Kommt zurück!« ruft Franca uns vom Ufer aus zu.

In den kräftigen, leuchtenden Farben des Nachmittags vor dem Museum von Heraklion eine Reihe Rollstühle an der Wand.

Paolo zeigt sie mir: »Willst du mir nicht einen holen?«

Ich sehe ihn enttäuscht an: »Aber du kommst doch ohne aus! Warum willst du einen haben?«

»Weil ich dann nicht soviel Mühe mache«, antwortet er.

In seine Haut schlüpfen

Bertoia, der mich besuchen kommt, ist ein kranker Pensionär. Ich habe noch nicht begriffen, woran er leidet, er ist zurückhaltend und redet in Andeutungen, über seinen leicht schielenden Augen wölben sich bedrohliche Brauen. Er unterzieht sich widersprüchlichen Therapien, die seinen Körper ruinieren. Er ist spindeldürr und hinfällig, ich sehe in ihm nicht den Don Quichotte von Cervantes, sondern den von Doré, eine Gravüre, die in meinem Arbeitszimmer herumspaziert, ein Liniengewirr, das seiner Auflösung harrt.

»Haben Sie je versucht, in die Haut Ihres Sohnes zu schlüpfen?« fragt er mich.

Ist das eine Frage oder eine Anklage?

»Ich versuche, seine Reaktionen zu verstehen«, antworte ich.

»Nein!« ruft er mit erhobenem Zeigefinger.

Es ist eine Anklage.

»Sie müssen mehr tun!« Er starrt mit geröteten Augen ins Leere. »Sie müssen sich in ihn hineinversetzen!«

»Aber das kann ich nicht!«

»Was heißt das – Sie können nicht?« fragt er finster und krümmt sich, als müßte er vor einem Angreifer in Deckung gehen. Dabei ist er es, der angreift. »Ich habe es ja auch getan!«

Ich lehne mich im Sessel zurück. Warum nur kommt dieser Mann in der zweiten Julihälfte um fünf Uhr nachmittags zu mir, in dem ersehnten Augenblick nach den

Abiturprüfungen, da ich Jules Vernes Buch *Fünf Wochen im Ballon* zu lesen beginne, das seit Monaten für die Ferien in der Stadt eingeplant ist? Wer gibt ihm das Recht dazu? Er hat sich schon immer als mein Förderer gefühlt, früher war er Buchhalter in meiner Schule, ein Jünger der Rechnungsführung, ein Anbeter des Stundenplans, ein Fanatiker in einem beinahe mystischen Stadium.

»Ich habe oft an Ihren Sohn gedacht«, fängt er wieder an. »Und ich habe mich in ihn hineinversetzt.«

Sein Blick ist trübe, ich weiß nicht, ob sein Fieber von der Krankheit oder von den Medikamenten herrührt.

»Tun Sie es auch!« fügt er hinzu. »Sie werden sehen, wie gut Sie ihn verstehen.«

Ich verstehe, daß der Vorschlag ungeheuerlich ist, doch ich versuche es. Auf wen könnten wir sonst noch hören, wenn nicht auf die Verrückten?

Ich versuche zu denken: Ich bin Paolo, doch mir wird bang und schwindlig, ich habe weder seine Vergangenheit noch seine Zukunft, ich kann mir nicht vorstellen, was er sich vorstellt, und auch nichts von dem, was er erlebt, nachempfinden. Wir stecken nicht drin im Kopf eines anderen, wie es in einer gewagten Redewendung so schaurig heißt.

»Es ist unmöglich, in seine Haut zu schlüpfen«, sage ich.

Bertoia streckt auf dem Sessel die knochigen Arme aus und hebt hochmütig sein ausgezehrtes Gesicht: »Und wie ist das dann bei einem Schauspieler?«

»Er macht es als Spiel«, erwidere ich. »Er ist weder er selbst noch ein anderer.«

Er sieht immer noch starr vor sich hin: »Darf ich Ihnen sagen, was ich denke?«

»Natürlich.«

Wenn man so fragt, denkt man Schlechtes.

»Sie sind in Ihrem Egoismus gefangen«, sagt er mit rauher Stimme.

»Mag sein«, antworte ich nicht ausweichend, sondern deutlich.

Er hat den schrecklichen Gesichtsausdruck alter Menschen, die, wenn sie etwas prophezeien, immer nur Unglück prophezeien. Vermutlich hatte auch Kassandra keine andere Wahl, sie sagte nur die Zukunft voraus.

»Konzentrieren Sie sich weniger auf sich und versetzen Sie sich in Paolos Gedankenwelt!«

»Nein, ich bleibe in meiner«, antworte ich. »Ihm ist das auch lieber, glauben Sie mir.«

Er umklammert die Armlehnen des Sessels wie ein Monarch auf der Bühne.

»Dann«, wieder hebt er seinen dürren Finger, »werden Sie niemals wissen, wer Ihr Sohn ist!«

Stimmt, das weiß ich nicht, geht es mir durch den Kopf.

Vorwürfe

Auf einem Ausflug mit seinen Gefährten hat er im Zug einen teuren Fotoapparat verloren, gleich beim erstenmal, als ich ihn ihm anvertraute. Es gelingt ihm, recht kuriose Fotos zu schießen, wobei er weniger den flüchtigen Augenblick festhält als vielmehr den heiklen Gleichgewichtspunkt zwischen dem mühsam blinzelnden Auge und seinem schwankenden Körper. So vermitteln seine oft verwackelten Bilder mit schiefen Lichteinfällen einen unsteten und abenteuerlichen Eindruck vom Leben, ganz im Gegensatz zu jener Welt der Pose, die der offizielle Schulfotograf meiner Jugend anstrebte.

Meine Vorhaltungen sind heftig, aber kurz. Ich glaube, Kürze wird bei Vorwürfen sehr geschätzt. Die Unpopularität von Standpauken in jedem Bereich hat ihren Grund weniger in den konkreten Anschuldigungen als vielmehr in ihrer Weitschweifigkeit. Seit der jüngsten Steinzeit ist es ein Irrglauben der Eltern, daß auf ihre Litaneien Taten folgen könnten. »Man darf niemals lügen! Hast du verstanden? Auf gar keinen Fall!« bekräftigten Väter, die durch die Lüge, die sie gerade erzählten, in Verlegenheit gerieten. Um unmittelbar darauf, wenn das Telefon klingelte, zu schreien: »Ich bin nicht da, für niemanden! Habt ihr mich verstanden?«

Dann kam die Zeit, in der eine modische Psychoanalyse Kinder zu Spielzeugen machte, deren Bewegungen man hübsch programmieren konnte. »Er hat sein Moped kaputtgefahren und erwartet nun eine Strafe«, erklärte mir ein junger Kollege, für den die Vaterschaft eine glänzende Gelegenheit für pädagogische Strategiespiele zu sein schien. »Aber ich schenke ihm sofort ein neues, ohne ihn zu bestrafen«, fuhr er fort. »Ich überrasche ihn, verstehst du? Ich nehme ihm die Orientierung. Und so erziehe ich ihn.«

Der Junge war tatsächlich orientierungslos. Ich habe die einzelnen Etappen seiner Erziehung nicht mitverfolgt. Ich weiß nur, daß er der erste unter seinen Altersgenossen war, der Drogen nahm, doch ich möchte keine Ursache-Wirkung-Beziehung herstellen. Fest steht nur, daß die Bilanz nach diesem Vorfall nicht allzu ermutigend für ihn ausgefallen sein kann: Sein schwacher Vater traute ihm nicht einmal zu, daß er einem Vorwurf gewachsen war.

Paolo hört mir zu. Ich spreche ein ernstes Wort mit ihm. Er ist ganz verrückt nach Ernsthaftigkeit und amüsiert sich fast nie, wenn ich mich mit ihm amüsiere. Ich weiß das, amüsiere mich aber trotzdem weiter und greife, wenn der Scherz mißlungen ist, auf die dämliche Ausrede zurück: »Das war doch bloß Spaß!«

Jetzt sage ich zu ihm: »Du hast was falsch gemacht und wirst nun ein paar Monate ohne Fotoapparat auskommen müssen.« Er antwortet: »Danke, daß du von Mann zu Mann mit mir gesprochen hast.«

Das habe ich meinem Kollegen erzählt. Er sagte darauf: »Behinderte Kinder sind eben reifer.«

Das Elektroenzephalogramm

Noch so ein Wort, das mich in Panik versetzte. Ich verband damit irrtümlicherweise Hirnstörungen, Schwachsinn, Gedächtnisverlust. Eine Kurve sollte zeigen, was mit seinem Kopf nicht in Ordnung war. Und mich befremdete die Gleichgültigkeit einem Wort gegenüber, das für mich einen Riß in Paolos Freiheit bedeutete (wenn wir von Freiheit reden, werden wir alle zu Rechtsgelehrten, die sich mit unantastbaren Definitionen herumschlagen).

Wenn ich heute darüber nachdenke, wie sich dieser Schrecken im Laufe der Jahre verändert hat, kann ich das auf die kurze Formel bringen: die Gewöhnung an Risse. Dazu fällt mir auch ein alter Fluch aus den Abenteuergeschichten von Salgari wieder ein: »Altes Wrack!«, den der Redner ebenso auf sich wie auf den sinkenden Kahn anwandte. Er scheint mir das seeräuberische Gegenmittel zu einem Körperkult mit übertriebenen Diäten und Hormonkuren zu sein, der die Metamorphose des Organismus am liebsten in die Unveränderlichkeit eines Schmetterlings verwandeln würde.

Daß in jungen Jahren die Aussicht auf eine Behinderung Bestürzung hervorruft, ist eine Nebenerscheinung des Heranwachsens. Die Ewigkeit dauert bis zum vierzigsten Lebensjahr, und Ambitionen lassen sich bis dahin schlicht auf ein Wort reduzieren: alles. Mit fortschreitendem Alter gibt es dann Leute, die zurückschauen und einer vergangenen Jugend nachlaufen. Die Zuversichtlichsten versuchen es, den Dümmsten gelingt es. Doch in der Zwischenzeit wird die Behinderung zu einem ständigen Begleiter, zu einer vertrauten Erfahrung, sie wird in anderen Menschen körperlich sichtbar, bevor sie sich auch in uns einnistet. Die kleinen Vergeßlichkeiten, die wir uns verzeihen, werden zu erloschenen Kratern der Erinnerung, die wir den Alten, also unserer eigenen Zukunft, nicht verzeihen. Die sich selbst genügende Herausforderung (oder nennen wir es das Gebot der Mode), Grenzen zu überschreiten, erwächst aus der Angst, diese zu akzeptieren. Und nie war die Überschreitung der Grenzen so sehr die Flucht vor deren Anerkennung wie in unserer Zeit.

Wenn ich an die Sorgen denke, die ich mir um Paolos Intelligenz machte, denke ich auch an die, die ich mir um meine hätte machen sollen. Und wenn ich mich so umsehe, stoße ich auch nicht auf viele tröstliche Beispiele. Unsere wenigen genialen Sätze stellen wir heraus, sie markieren die Etappen unseres Lebens, werden denkwürdig. Doch die dummen werden von einer überwältigenden Konkurrenz erdrückt, die die Qualität nicht gerade hebt. Es kann sein, daß unsere EEGs normal sind, doch angesichts von beunruhigenderen Aspekten tritt dies in den Hintergrund. Die Behinderung, sei sie geistiger oder körperlicher Natur, ist nuancierter, als es den Anschein hat, und Grenzen sind unserer Daseinsform näher als deren Überschreitung.

Das EEG macht mir keine Angst mehr, ebensowenig wie die Intelligenztests (warum wird eigentlich Dummheit nicht getestet, die doch eine weltweite Massenkrankheit ist?). Ich denke, wir sollten die Intelligenz nicht so häufig messen, das Risiko für jeden einzelnen von uns ist zu groß. Ich plädiere für mehr Rücksicht auf die Behinderung, für mehr Aufmerksamkeit. Das könnte auch uns zugute kommen.

Der letzte Dreck

Er hat vor der Schülerversammlung gesprochen. Das erfuhr ich von einer Kollegin, die mit einem Lehrer aus seiner Schule befreundet ist.

»Und wie ist es gelaufen?« frage ich, äußerlich ruhig.

»Gut!« antwortet sie, ebenso ruhig. »Er hat seine Meinung dargelegt.«

»Weißt du nicht, was er gesagt hat?« frage ich.

»Ich weiß es nicht genau. Aber der Kern seiner Rede war etwa folgender: Entweder lassen wir uns wie Erwachsene behandeln oder wie Kinder.«

Ich erkenne die duale Struktur seiner Argumentation wieder.

Am Abend sage ich zu ihm: »Ich höre, du hast vor der Schülerversammlung gesprochen.«

»Ja.«

»Und wie ist es gelaufen?«

»Alles bestens.«

Das ist ein ebenso lakonischer wie ausreichender Spruch von ihm.

»Probleme mit der Stimme?«

»Es gab ein Mikrofon.«

»Aber hattest du denn keine Angst«, frage ich und sehe ihm in die Augen, um mein Zögern zu überwinden, »bei all den Problemen, die du mit dem Sprechen hast?«

Er schaut mich an, zufrieden, weil ich das gefragt habe.

»Weißt du«, sagt er langsam, und seine Miene ist verschwörerisch und sachverständig. In solchen Momenten ist er unwiderstehlich. »Ich dachte mir: Es gibt nur zwei Möglichkeiten. Entweder behandeln sie mich wie den letzten Dreck, oder sie lassen mich reden.«

»Und?«

»Sie ließen mich reden.«

Die Aufführung

Die alljährliche Theateraufführung der Behinderten in Paolos Gemeindehaus.

»Könnte ich deiner Meinung nach auch zu Hause bleiben?« frage ich Franca mit verzweifelter Unbefangenheit.

»Aber natürlich!« antwortet sie gleichgültig.

»Wie?« Ich sehe sie dankbar an.

»Es ist jetzt das dritte Jahr, in dem er auftritt, und du hast ihn noch nie gesehen.« Sie kehrt einen neutralen Ernst hervor. »Du kannst ruhig so weitermachen.«

»Wie hat er es denn aufgenommen?« erkundige ich mich.

»Miserabel.«

»Hat er dir das gesagt?« bohre ich weiter.

»Nein, du weißt doch, daß er auch seinen Stolz hat. Er hat mich nur gefragt, ob du dieses Jahr mitkommst.«

»Und du?«

Warum frage ich? Man sollte nie Fragen stellen.

»Ich habe ihm gesagt: ›Ich weiß es nicht. Du weißt doch, wie dein Papa ist.‹«

»Und wie ist er?« frage ich.

»Miserabel«, sagt sie, als spräche sie mit Paolo.

Ich ergebe mich.

»Worum geht es denn in dem Stück?«

»Um Odysseus.«

»Um den Ulysses von Joyce?«

»Nein, um den Odysseus von Homer.«

Ich habe mich ergeben.

Da sitze ich nun in diesem schmucklosen Saal voller Metallstühle, die eine Holzbühne umschließen. Hinter einer großen, schwarzen Plane, die mit Ringen an einer Querstange befestigt ist, strahlt ein heller Schein. Bewegliche Scheinwerfer projizieren bunte, sich überlagernde Lichter an die Betondecke.

»Es ist wie in einem Luftschutzbunker«, sage ich zu Franca, die diese Erinnerung aufgrund ihres Alters und diesen Vergleich aufgrund ihres Geschmacks allerdings nicht mit mir teilt. Sie sieht sich in dem Saal mit den vielen überhitzten Gesichtern um. Die Stimmung ist festlich, hin und wieder applaudiert eine aufgekratzte, freundliche Menge, um den Beginn des Schauspiels anzumahnen, tut dies aber mit gutmütiger, kameradschaftlicher Unaufmerksamkeit. Das Schauspiel hat eigentlich schon begonnen, es ist im Zuschauerraum zu sehen, in dieser Versammlung verzweifelter, lächelnder, resignierter, fröhlicher und ernster Eltern. Ein Junge mit Down-Syndrom steckt seinen Kopf an einem Ende des Vorhangs heraus, schaut in den Saal, lacht und zieht sich wieder zurück. Es folgt ein Mädchen, auch sie läuft weg, man hört Geschrei und Getrappel auf den Bühnenbrettern. Theateraufführungen aus meiner Kindheit fallen mir ein, als die Bühne nicht dort war, wo wir inhaltsschwere Sätze sprachen, sondern im Parkett, das mit Augen und Lichtern gesprenkelt war. Für uns spielte das Stück im Publikum, zu dem wir in für uns urkomischen Gesten hinschielten. Nie mehr habe ich das Theater so stark empfunden wie damals, als die Grenzlinie zwischen Schauspielern und Publikum nach beiden Seiten durchlässig zu sein schien. Gleichwohl blieb sie unüberwindlich, ein Zauber, der uns faszinierte und überwältigte.

Ich versuche, meine Rührung zu unterdrücken, und Franca fragt: »Gefällt es dir?«

»Ja, sehr.«

Ich möchte hier eine kurze Betrachtung über das Böse einschieben.

Wir sind an das Böse gewöhnt. Das Böse bekräftigt unsere Überlegenheit oder tröstet unsere Schwäche. Es ist uns so vertraut, daß uns das Gute irritiert und wir versuchen, es auf das Böse zu reduzieren, indem wir das Vorzeichen austauschen und es mit den uns bekannten negativen Modellen auf eine Stufe stellen.

Das habe ich bei den alltäglichsten Reaktionen, auch bei meinen eigenen, in bezug auf uneigennützige Hilfe beobachtet. Man neigt dazu, Selbstlosigkeit als Gegenstück zum Egoismus zu deuten, Großzügigkeit als Befriedigung dessen, der sie unter Beweis stellt, Solidarität als vorteilhafte Hilfe für sich selbst, die Aufopferung des eigenen Ichs als Erpressung durch ein tyrannisches Über-Ich. Nicht einmal von der Verhaltensforschung kann man lernen, die zwar ausgeschlachtet wird, um Aggressivität zu erklären, doch niemals die Gründe für ihr Gegenteil. Sind auch Tiere, die sich für ihren Nachwuchs oder ihre Artgenossen aufopfern, das Opfer eines Über-Ichs? Nein, antwortet die Verhaltensforschung, ihres Instinkts. Dem Menschen aber wird dieser positive Instinkt abgesprochen, der allen anderen Lebewesen durchaus zugestanden wird.

Das Böse ist allem Anschein zum Trotz beruhigend, wir verehren es in Monstern, es rechtfertigt Racheakte, mobilisiert Schutzmechanismen, stärkt die Hartherzigkeit. Das Gute ist ein unnachahmliches Beispiel (wollen wir es wirklich mit dem Bösen vergleichen?), es überwindet die Festungsgräben und Mauern, die wir gegen den Feind errichten, umgeht die zahllosen Spitzfindigkeiten der Intelligenz, verwirrt die List, weil es sie ignoriert, ist unbewaffnet und unkompliziert. Das Böse weckt unsere Neugier und erregt uns, es spornt unseren Spürsinn an und versteckt sich im hintersten Zimmer, dem des verruchten Geheimnisses. Das Gute öffnet die Türen, verbirgt nichts und zieht sich nur zurück, um nicht auf sich aufmerksam zu machen. Das Böse verspricht Mysterien, das Gute ist ein strahlendes Mysterium, eine unannehmbare Präsenz.

Ich spreche aus Erfahrung, doch ich bin in guter – oder zumindest zahlreicher – Gesellschaft. Für viele Menschen ist nichts erbaulicher als die Zerstörung und nichts abstoßender als die Erbauung. Daß die Ideologien in unserem Jahrhundert zu Vernichtungsaktionen geführt haben, hat seine Ursache nicht darin, daß sie auf ein fernes Paradies verwiesen, sondern darin, daß sie zunächst ein unmittelbares Inferno realisieren mußten. Gewiß ist es tröstlicher – und vor allem moralischer –, die Rangfolge umzukehren. Es ist ein Alibi, von dem sich alles sagen läßt, außer, man habe keinen Nutzen daraus gezogen.

Ich übertreibe? Doch nur die Übertreibung gibt uns, wenn auch verzerrt, das Bild wieder, in dem wir das Original erkennen.

Ich habe mir unter uneigennütziger Hilfe – natürlich ohne sie zu kennen, nur Unkenntnis fördert die Gewißheit – stets eine Mischung aus verfehlter Berufung und Selbsttröstung vorgestellt. Bis ich die Freunde und Freundinnen von Paolo kennenlernte. Diese jungen Menschen gehen mit ihm in die Pizzeria, ins Kino, in

Secondhand-Plattenläden, wo er alte Schlager und Volksmusik zum Liebhaberpreis ersteht (wer sollte die Traditionen bewahren, wenn nicht die Jugendlichen, und zwar die besten, versteht sich?). Sie sind freundlich, zurückhaltend und rücksichtsvoll. Sie erwarten keine Gegenleistung. Weder Geschenke noch Dank. Und sie gewähren nicht nur Hilfe, sondern bekunden auch das, was der Mensch noch mehr braucht, wenn er es nie zu spüren bekommt: Sympathie.

Paolo verbringt die Ferien mit uns, doch für ihn sind das keine Ferien. Mir ist nach wie vor unklar, als was er sie betrachtet, und ich möchte das auch nicht vertiefen. Ich vermute, er hat triftige Gründe. Wenn man nach fünfzehn Jahren voller Ermahnungen immer noch zu ihm sagt: »Halte dich gerade!«, was äußert man da ihm gegenüber eigentlich? Einen Befehl, einen Hinweis, eine Aufforderung, einen Vorwand zum Weiterhoffen für uns, eine Enttäuschung, einen Vorwurf, eine Bestrafung? Ich habe in seinem Blick oft etwas anderes als Unmut bemerkt: einen furchtbaren Überdruß, von Geduld überdeckt. Wenn er sich schließlich in den Ferien mit seiner Gruppe von Helfern amüsiert, in der er fröhlich akzeptiert wird, ohne daß man ihn ändern will, müssen wir uns da wirklich fragen, warum? Das versteckte Gebot des Erziehers kann mit Droysen in den leisen, versöhnlichen Worten zusammengefaßt werden: »Du mußt so sein, wie ich dich will, denn nur so kann ich in Beziehung zu dir treten.« Ist es da verwunderlich, daß Paolo froh ist, wenn er nicht mehr erzogen wird?

Am Anfang war die Hilfe für Notleidende, Kranke und Gefangene ein Verhalten, das Millionen von Heiden verwunderte. Und heute, da auch Nichtgeistliche sie gewähren (doch was ist an der Religion des Menschen denn nicht geistlich?), neigt man eher dazu, sie auszunutzen, als sie zum Vorbild zu erheben.

Man spiegelt sich eher im Bösen wider und gibt sich dabei den Anschein, es nicht zu erkennen, mit dem Guten identifiziert man sich nicht so oft. Im Bösen liegt für einen Erzähler die Rettung, im Guten das Verderben. Das Lob des Guten hat sogar den Schlaf der Klassiker gestört und war der Alptraum ihres Wachens. Um es sich verzeihen zu lassen, greift Manzoni zur Ironie, Cervantes zur Narrheit, Dickens zur Dummheit, Dostojewski zur Idiotie und Melville zur Unschuld. Nur Hugo errichtet dem Guten bedenkenlos eine Kathedrale, doch ach, ihm vergibt man alles.

Das Gute zu loben ist unverzeihlich. Und ich verzeihe es mir ja auch nicht. Doch ich mußte mich einmal persönlich für die unbezahlbare Hilfe von Verwandten, Freunden und Unbekannten erkenntlich zeigen.

Unter allgemeinem Raunen geht der Vorhang auf. Er gleitet an der Eisenstange zurück, bis der Junge, der ihn wegschiebt, gegen den Stützpfeiler prallt. Gelächter, fast eine Ovation, erhebt sich bei den Behinderten und ihren Eltern im Zuschauerraum. Ich weiß nicht, ob die Regie – der Verantwortliche stand mit Namen und Vornamen auf dem Programmzettel – das so geplant hatte. Es hätte gewiß nicht besser beginnen können. Der Rest ist schlechter.

Mit der Feststellung, daß alles passierte, ist keineswegs alles gesagt. Odysseus, riesengroß und mit borstigen Beinen unter dem weißen Röckchen, sah aus wie ein Schotte in Sandalen, den es nach Kleinasien verschlagen hatte. Kalypso weinte an der Spitze einer Insel zwischen hölzernen Wellen, die wie in einem Zeichentrickfilm vorbeirollten. Der einzige Nichtbehinderte auf der Bühne war Telemach, aber den Unterschied merkte man nicht. Er war Pharmaziestudent, wie Franca mir erzählt hatte, und sagte Sätze zu Athene, bei denen nicht klar wurde, ob es sich um Fragen oder Antworten handelte, so überdeutlich war seine Intonation. Bei Paolo hatte man seine hohle Stimme genutzt, um ihn in einen lakonischen Polyphem zu verwandeln. Ich gebe zu, sein Dialog mit Odysseus-Niemand erzielte einen sonderbaren, halb levantinischen, halb metaphysischen Effekt, doch vielleicht täuschte mich auch die Rührung.

Die Stärken der Regie lagen bei Nausikaa, ganz in Weiß am Meeresstrand (ein Mädchen mit Down-Syndrom, deren Vater, ein Anwalt, mit verstörten Augen in der ersten Reihe saß), und beim Gelage der Freier, mit ihren Gefährtinnen, die Krüge mit Orangenlimonade bis zur Neige leerten und sich über belegte Brötchen hermachten. Ich konnte es nie leiden, Schauspielern beim Essen zuzusehen, entweder, weil ich an ihrem Tun nicht teilhaben kann, oder weil sie im wahrsten Sinne des Wortes mit spitzem Mäulchen speisen und mit hermetisch geschlossenem Mund mikroskopisch kleine Häppchen mümmeln. Und nie werden sie fertig, wohlerzogen, zartbesaitet, stocksteif. Nun gut, dieses letzte Detail kam bei dieser Aufführung nicht zum Tragen. Doch es blieb der Neid auf den gefräßigen Heißhunger, den die Akteure ohne jede Scheu an den Tag legten, während sie fröhlich mit dem Publikum lachten und Tortenstücke verschlangen oder Schokolade vertilgten. Nur Penelope, in eine braune Kutte gehüllt (vielleicht als Sinnbild der ehelichen Treue), bewahrte während der gesamten Aufführung eine befremdliche Strenge, die eines Ionesco würdig gewesen wäre.

Der wohlverdiente, stürmische und dankbare Schlußapplaus belohnt alle, Schauspieler und Publikum. Die Eintracht, dieser kindliche Tagtraum, diese unsterbliche Utopie dessen, der nicht erwachsen wird, wird hier zu einem melancholischen Eden.

Wir warten darauf, daß Paolo hinter dem Vorhang hervorkommt. Schließlich erscheint er triumphierend am oberen Ende der kleinen Treppe, nimmt verschwitzt und begeistert die ersten Stufen, weist mit einer kategorischen Geste helfende Hände zurück, rutscht auf den letzten beiden Stufen aus und fällt vornüber. Zum Glück standen wir schon wartend unten, wie es Eltern gefällt und Kindern nicht. Und unter dem letzten Beifall des Publikums, das diesmal von der Wirklichkeit ergriffen ist, wird er gerettet.

Ein Gastmahl

Mein Schwiegervater ist achtundachtzig Jahre alt. Nachdem er sein ganzes Leben einen Kult mit seinem Körper betrieben hat, wird er nun geistig krank. »Nein, Alzheimer ist es nicht«, erklärte uns der bekannte Geriater, an den wir uns wegen einer Kontrolluntersuchung gewandt hatten, die tunlichst als allgemeine Konsultation deklariert war. »Es ist auch keine Altersdemenz«, fuhr er fort. »Was ist es dann?« erkundigte sich Franca. Der Geriater sah sie mit unterwürfigem Lächeln an: »Das Alter, Signora.«

Es ist typisch für die besten Geriater, besonders wenn sie in die Jahre kommen, daß sie den gewappneten Jargon der Jugend gegen eine ungeschützte Sprache eintauschen. Der nächste Schritt ist dann, die eigene Nutzlosigkeit zu erklären. Doch da spielte Franca nicht mit: »Ja, aber warum ist es denn so plötzlich schlimmer geworden?«

»Weil er sich in der absteigenden Phase der Lebensbahn befindet«, antwortete der Geriater, wobei er mit dem Finger eine Kurve über dem Schreibtisch beschrieb und über der winzigen Spanne verharrte, die ihn von einer Nummer des *National Geographic* trennte.

»Aber warum gerade das Gehirn?« beharrte sie. »Seine Mutter«, sie wies mit einigem Unmut auf mich, »war älter als mein Vater und starb bei absolut klarem Verstand.«

»Signora, es steht alles in den Genen geschrieben«,

antwortete der Arzt feierlich, halb Astrologe, halb Bürokrat. »Das Gehirn Ihres Vaters altert schneller als andere Körperteile. Das ist nichts Merkwürdiges.«

Franca hörte ihm bestürzt, ja beinahe verängstigt zu: »Sie haben Röntgenbilder und Computertomogramme von ihm gemacht.« Sie versuchte, sich zu beherrschen. »Was haben Sie da gesehen? Was geschieht mit seinem Gehirn?«

»Beruhigen Sie sich, Signora«, antwortete der Arzt. »Diese Prozesse sind alles andere als ungewöhnlich, und ich würde sagen, seine Symptome sind nicht einmal verfrüht.«

»Aber was haben Sie gesehen?« wiederholte sie.

»Eine Atrophie der Hirnrinde mit einer Vertiefung der Furchen und einer Erweiterung der Ventrikel«, antwortete der Arzt, der schließlich einer professionellen Sachlichkeit erlag.

Er ballte seine rechte Hand zur Faust: »Stellen Sie sich einen Schwamm vor! Manche Zonen werden porös. Unterbrochene Verbindungen, ausgefallene Bereiche.«

»Das ist ja schrecklich!« flüsterte sie.

»Nein, Signora, so dürfen Sie nicht reden. Es gibt viel schlimmere Krankheiten, die das Gehirn angreifen, mit verheerenden Folgen.«

Franca starrte ihn noch niedergeschlagener an.

»Machen wir uns nichts vor, diese Symptome verschwinden nicht wieder«, fuhr er fort. »Doch wir können den Rückbildungsprozeß bremsen. Natürlich erfordern sie eine Kontrolle, eine Behandlung im eigentlichen Sinn aber nicht. Ihr Vater kann ein fast normales Leben führen.«

»Wie lange denn noch?« fuhr Franca auf und wurde rot. »Er ist schon heute nicht mehr er selbst!«

»Leider ist das eine Entwicklung, mit der wir rechnen müssen«, antwortete er ernst. »Die Eltern werden im Alter oftmals das, was wir als Kinder für sie waren: schutzlose, pflegebedürftige Wesen. Sie werden zur Mutter Ihres Vaters. Dem müssen Sie sich stellen.«

Er schaute auf, um die Wirkung seiner Worte abzuschätzen, senkte den Blick jedoch gleich wieder. Franca, die in ihrem Vater stets einen Bezugspunkt gesehen hatte (wie es in der Logistik der persönlichen Mythologien heißt), fand sich nicht mit dem Gedanken ab, jetzt selbst einer zu werden.

»Gestatten Sie mir, Ihnen einige Ratschläge zu geben, zusammen mit ein paar Pillen, die ich Ihnen verschreiben möchte.« Der Arzt wies auf einen Rezeptblock in einem hohlen Glaswürfel. »Widersprechen Sie Ihrem Vater sowenig wie möglich, machen Sie sich diese Mühe.«

»Gut, das werde ich tun«, willigte Franca ein.

»Und sagen Sie ihm auch nicht, daß er sich widerspricht, denn das steigert seine Panik. Gehen Sie auf ihn ein, geben Sie ihm recht, das ist das kleinere Übel.«

»Aber wenn er sich aufregt, weil ich ihn nicht besuche, obwohl ich erst zwei Stunden zuvor da war?«

»Kümmern Sie sich nicht darum, verlieren auch Sie Ihr Gedächtnis! Sie werden sehen, wie gut Ihnen das tut. Das Vergessen ist eine wunderbare Reserve.«

Er wandte sich auch an mich.

»Ohne das Vergessen könnten wir nicht überleben«, fuhr er fort. »Lassen Sie ihm Raum, vertrauen Sie mir!«

»Aber was ist mit den Namen? Wenn er sich nun in Namen verbeißt?«

»Ach ja, die Namen!« Der Arzt breitete die Arme aus, als übte er Nachsicht mit einem alten Freund. »Lassen Sie ihn danach suchen. Passiert Ihnen das nicht auch?«

»Was?«

»Daß Sie Namen vergessen.«

»Doch, natürlich.«

»Und dabei sind Sie noch jung! Wir nennen das eine leichte Vergeßlichkeit, sie tritt nach dem vierzigsten Lebensjahr auf. Bei ihm hingegen ändert sich das Krankheitsbild, es weitet sich auf den Bereich allgemeiner Begriffe aus.«

Er fügte hinzu: »Das ist typisch.« Dieses Adjektiv bereitete ihm besonders viel Freude. »Wir bezeichnen das als Anomie.«

»Das mag ja sein, aber für ihn ist es eine Tragödie«, sagte Franca.

Die Tragödie präsentierte sich – wie es häufig geschieht – zunächst als Komödie. Wir alle vergessen Namen, doch das erste Signal, das jemand, der alt wird, aussendet, ist nicht, daß er sie vergißt, sondern daß er trotzdem versucht, sich an sie zu erinnern. Ein weiteres Signal ist, daß er auch Menschen aus seiner Umgebung in diese unaufhörliche Suche einbezieht, um entsprechende heimliche Vergleiche anzustellen. »Wie heißt das doch gleich?« ist die häufigste Frage, die er seinen Gesprächspartnern stellt. Es ist auch die uninteressanteste, da sie sich auf ein Bedürfnis bezieht, das nur ihn allein beschäftigt. Doch sie läßt ihn nicht los, und am Ende hat er es geschafft, als das dazustehen, was er am meisten fürchtet: als vergeßlich.

Hier nun eine kurze didaktische Randbemerkung. Wer auch nur über ein bißchen praktische Lehrerfahrung verfügt, weiß, daß sich ein Schüler in der Prüfung mit Fragen quält, die ihm niemand gestellt hat. Vergeblich sucht er nach den Antworten und macht es so dem Lehrer schwer, der versucht, ihn zu retten. Wenn man ihn um die Interpretation eines Gedichts bittet, verlangt man nicht, daß er Zeit und Ort der Entstehung nennt und auch nicht den Menschen, dem es möglicherweise gewidmet ist. Doch der Schüler erkennt schon von weitem alle Fakten, die er nicht weiß, stürzt sich sofort auf sie und bekennt, daß er sich nicht an sie erinnert.

Ich habe meinen Schülern immer geraten, auf indiskrete Fragen zu ihrem Wissen über ein Thema niemals mit einem klaren *Nein* zu antworten (schließlich sind wir immer noch in Italien!) und schon gar nicht heldenhaft die eigene Unwissenheit einzugestehen, sondern deren Offenbarung stets hinauszuschieben. Doch nur die schlechteren hörten auf mich und unterwanderten mit Verzögerungstaktiken die zudringliche Neugier des Prüfers. Die besseren hielten der Herausforderung nicht stand und verrieten unweigerlich, wie lückenhaft sie vorbereitet waren, da sie sich von einem Zusammenspiel aus Redlichkeit, Schuld und Sühne erpressen ließen, einer unüberwindlichen Kombination, die erklärt, warum sich die Opferbereitschaft im Altertum nicht nur auf Priester und Gläubige, sondern auch auf die Opfer bezog. Ein solidarischer Kreis, der sich noch heute wiederholt.

Mein Schwiegervater begann mit Gedächtnistests, die ebenso unangenehm wie ungerechtfertigt waren. Er hatte es besonders auf Datumsangaben, Orte, Namen, Spitznamen und Titel abgesehen, die seine Gesprächspartner oft nicht kennen konnten. Das ungleiche Spiel krönte einen besiegten Sieger, der wußte, daß die Unkenntnis der anderen seine Gedächtnisschwächen nicht wettmachte. Bis sich die Seiten nach und nach verkehrten.

So rächte sich meine Schwiegermutter unvermutet an dem Mann, der ihr fünfzig Jahre lang ein autoritäres Joch auferlegt hatte (*coniugium*, »beide unter demselben Joch«, ist ein Begriff der alten Römer, die sich in Sachen Joch, Ehe und Autorität bestens auskannten). Der Mann, der andere Menschen außerplanmäßigen Prüfungen unterzog und über Erinnerungslücken spottete, wenn seine Frau Tassos Vornamen nicht mehr wußte (Torquato! schrie er sie schließlich an, und sie trug das Wort ins Kreuzworträtsel ein), war derselbe, der nun die Bezeichnung für Weintrauben vergessen hatte. »Diese kleinen, roten Dinger, die man im Herbst ißt«, begann er, mit den Armen fuchtelnd. »Beeren!« antwortete meine Schwiegermutter. »Ach Quatsch, Beeren!« fauchte er sie ungeduldig an (niemand ist mit einem, der etwas nicht errät, so ungnädig wie der, der sich nicht erinnert). »Brombeeren!« versuchte es meine Schwiegermutter erneut und begann sich zu amüsieren. »Von wegen, Brombeeren!« klagte er lauthals. »Brombeeren im Sommer?« »Natürlich im Sommer«, erwiderte sie ernst und frech. Und sie fügte seelenruhig hinzu: »Es gibt sie sowohl im Sommer als auch im Herbst.« »Ich meine aber keine Brombeeren«, sagte er verzweifelt. Er präzisierte: »Man preßt sie aus, um ein Getränk daraus zu machen.« »Apfelsinen!« rief sie und wartete damit bei der Auktion mit einem falschen Begriff auf, um zu verhindern, daß der richtige den Zuschlag bekam. Ich bin davon überzeugt, daß sie ihn so gewiß geleugnet hätte, wie sie ihn sich wünschte, zumindest unbewußt (wir wollen ihr nicht eine Entschuldigung verwehren, die man heute niemandem mehr abschlägt).

Den Blick ins Leere gerichtet, gab mein Schwiegervater gedemütigt auf. Wahrscheinlich überlegte er im stillen weiter. Denn auf einmal hellte sich sein Gesicht auf, und er rief jubelnd: »Wein!« »Wein!« sagte er noch einmal und begann, sich über sie aufzuregen: »Warum ist dir das denn nicht eingefallen? Ich habe dir doch gesagt *klein* und *rot*!« »Was denn?« fragte sie, wohl wissend, daß das Spiel wieder von vorn begann. Mein Schwiegervater zuckte, von neuer Panik befallen, zurück.

»Hol das Wörterbuch!« forderte er sie auf und fand in diesem Imperativ zu der grammatischen Form seines Lebens zurück. Meine Schwiegermutter schaute unter dem Stichwort *Wein* nach und las in amtlichem Ton die Eintragungen bis zum Begriff *Trauben* vor. »Na endlich! Trauben! Weintrauben!« rief er, als wollte er sie marktschreierisch anpreisen.

Als er das letztemal zum Abendessen kam, hatte sich sein Zustand deutlich verschlechtert. Er erinnerte sich nicht mehr an meinen Namen, und wenn er mit Franca sprach, zeigte er auf mich und sagte: *Er.* Mag sein, daß er mich privat mit diesem Pronomen bedachte, doch in Gesellschaft berührte es mich unangenehm.

Ich hatte auch seinen Sohn Marco eingeladen. Als er ihn im Vorzimmer traf, fuhr er ihn barsch an: »Ciao, wo ist denn Antonio?« »Ich habe keine Ahnung«, antwortete Marco. »Schon deshalb nicht, weil ich ihn nicht kenne.« »Er ist mein Sohn«, sagte mein Schwiegervater ungeduldig. »Aber ich bin doch dein Sohn«, erwiderte Marco. Ärgerlich rückte mein Schwiegervater dicht an Marcos Gesicht heran, musterte es eingehend und sagte: »Ja, ich weiß.« Er fügte hinzu: »Dann bist du also Antonio.« »Nein, ich bin Marco.«

Kreislauffaktoren spielten auch eine Rolle, hatte uns der Geriater erklärt, plötzliche Blutdruckschwankungen, Stoffwechselveranderungen. Und wirklich erkennt mein Schwiegervater in Marco seinen Sohn wieder, als er sich kurz darauf im Wohnzimmer zu ihm setzt. Er erkundigt sich nach seiner Tierarztpraxis.

Marco hat einen Luftröhrenschnitt infolge der Entfernung eines Tumors hinter sich, und jedesmal, wenn er spricht, muß er mit dem Daumen in Höhe des Brustbeins auf ein Ventil drücken, das unter dem Hemd versteckt ist. Wenn er es nicht rechtzeitig tut, gerät seine Stimme zunächst tonlos wie in einem Horrorfilm, dann gurgelnd, und wenn das Loch schließlich geschlossen ist, rauh, aber deutlich. Er hat den Eingriff und das postoperative Geschehen durchgestanden und sich nie beklagt, zumindest nicht bei anderen, die dies übrigens für die bewundernswerteste Seite an einem Kranken halten. »Heldenhaft«, hatte ich es mit einem Adjektiv genannt, das einhellige Zustimmung erntete.

Marco, der meinem Schwiegervater gegenüber im Sessel sitzt, schiebt seine Hand ins Hemd und antwortet ihm nach einem flackernden Krächzen wie bei einem alten Detektorempfänger, mit seiner Praxis gehe es vorwärts, und er habe durch die Operation keine Kunden verloren.

»Was für eine Operation?« fragt mein Schwiegervater.

Marco zeigt auf seinen Hals und antwortet unerschütterlich mit einer Stimme, die ihm in der Kehle explodiert: »Diese.«

Meinem Schwiegervater verschlägt es die Sprache. Er begreift, daß man ihn nicht zum besten hält, kann sich aber an nichts erinnern. Er wirft mir einen Blick zu, für den Fall, daß ich ihm helfen kann. Doch er hat noch nie viel von mir erwartet, und in einer Situation wie dieser ist es noch weniger.

Er reißt sich sichtbar zusammen, um seiner Bestürzung Herr zu werden.

Er sagt: »Setzen wir uns rüber an den Tisch?«

Ich weiß nicht, ob ich noch einmal mit diesen Einladungen zum Abendessen anfangen möchte. Familientreffen haben einen düsteren Aspekt, den alle fröhlich vorausahnen. Man sollte sie nicht mit einer zusätzlichen Last beschweren, die sich aus den physischen oder psychischen Problemen der Beteiligten ergibt. Es läßt sich nicht leugnen, daß manche geistigen Störungen durchaus zum Lachen bringen. Betrunkene und Vergeßliche können ein Lied davon singen. Ich habe nie verstanden, warum, vielleicht, weil die Welt endlich auf dem Kopf zu stehen scheint. Auf jeden Fall tut man gut daran, die Grenzwerte nicht zu überschreiten.

Ich fürchte, neulich abend ist es dennoch geschehen. Mir machte ein Problem zu schaffen, das mich gelegentlich beunruhigt, eine Form der Aphonie. Durch Aufregung und Streß, wie sie für den Lehrerberuf nicht untypisch sind, kommt es zu lokalen Ausfällen des Sprech- und Stimmapparats. Meine Stimme wird brüchig und schwach, verwandelt sich in einen Schatten ihrer selbst, setzt kurzzeitig ganz aus und kehrt dann verändert zurück. »Ihr Unbewußtes will nicht mehr unterrichten«, hatte mir ein Spezialist erklärt. Ich antwortete: »Leider ist immer das Bewußtsein das Problem.«

An jenem Abend geizte ich mit meinen Äußerungen, die ich in wohldosierte Portionen einteilte. »Normale Menschen können unbegrenzt sprechen«, hatte der Spezialist gesagt. »Sie nicht. Der Vorratstank Ihrer Stimme hat ein Limit wie der eines Autos, und Sie dürfen nicht auf Reserve fahren, wenn Sie nicht riskieren wollen, steckenzubleiben. Wie lange? Vielleicht nur einen Augenblick, so lange, wie man zum Auftanken braucht. Doch es ist besser, kurz vorher anzuhalten, um Unannehmlichkeiten zu vermeiden.«

Um Unannehmlichkeiten zu vermeiden, ließ ich die anderen reden, ein Verhalten, das von Leuten, die dich zum Plaudern einladen, normalerweise sehr geschätzt wird. Bei Familientreffen wird diese Enthaltsamkeit allerdings mit Argwohn betrachtet. Doch als ich etwas sagen wollte, klang meine Stimme dumpf und hohl wie aus einem Grab.

Mein Schwager drückte auf das Ventil unter dem Hemd.

»Was hast du gesagt?« kläffte er.

Ich schluckte, um Zeit zu gewinnen und Atem zu holen, doch Paolo, der sich durch seine Behinderung besser in die meine einfühlen kann, erklärte mit seiner rauhen Stimme: »Er hat gesagt, das ist nicht der Punkt.«

»Und was ist der Punkt?« fuhr mein Schwiegervater erstaunlich schnell dazwischen.

Den ganzen Abend strapazierte er uns mit seiner verbissenen Suche nach den alltäglichsten Begriffen, Fahrrad, Steuern, Bier, Schule, Sommer. Er ersann die verworrensten Umschreibungen, in deren Zentrum sich als unerreichbarer Schatz dann etwa ein Wort wie »Fische« befand. Die unten leben. Würmer? Nein! Bergleute? Nein! Höhlenforscher? Ach was, Höhlenforscher! Wo denn unten? Na in dem, was man trinken kann! Wasser! Ja! Fische? Ja genau, Fische! Es war doch ganz einfach!

Der gesamte Wortschatz wurde zu einem bedrohlichen Minenfeld, auf dem jedes Vorankommen verhängnisvoll war und man auf Schritt und Tritt stoppte. »Wie heißt das doch gleich?« tönte es gereizt immer wieder.

Und wir, die entnervt, fieberhaft und konfus in diesem Hin und Her zwischen Komik und Tragik, diesem Pendel des Lebens, herumstöberten. Wagten wir uns an abstrakte Begriffe heran, wie etwa »Tugend«, wurde die Definition noch verzweifelter als bei den Philosophen, und manchmal endete es, anders als bei diesen, mit einem wissenden, überlegenen Verzicht.

Wenn hingegen er eine Erklärung verlangte, schien alles normal zu sein. Doch ich gab es auf, ihm zu erläutern, was der Punkt sei. Ich machte eine abweisende Handbewegung, als hätte ich ein Verdauungsproblem. Und ich schob die Lösung dieses und auch anderer Probleme weit in die Ferne.

Paolo, der gelernt hat, mich zum Lachen zu bringen, indem er die entsetzlichsten Dinge sagt, fragte, als die Gäste um Mitternacht gegangen waren und wir beide allein im Wohnzimmer saßen: »Wirst du etwa auch so?«

»Ich weiß es nicht«, sagte ich lachend.

Über diese Möglichkeit hatte ich noch nie nachgedacht, doch offensichtlich war sie nicht so unwahrscheinlich, wie sie mir erschien.

Und mit seinem schaurigen Talent (das ihn und mich für vieles andere entschädigt) fügte er hinzu: »Das Problem ist, was mich da wohl erwartet.«

Mit Abstand

Manchmal sehe ich ihn von weitem, in der langen, engen Straße, in der ich wohne. Er geht an den Hauswänden entlang, um einen Halt zu haben, falls er stolpert. Sein Gang ist ungelenk, und anstatt den Befehlen seines Körpers zu folgen, nutzt er offenbar dessen Gewicht aus, indem er zuweilen mit plötzlicher Beschleunigung vorwärtsstürzt.

Einige erkennen und grüßen ihn. Er bleibt mit dem Rücken an der verputzten Wand stehen, jederzeit bereit, mit allen zu sprechen. Ich merke, daß manche ihn wie ein Kind behandeln. Es sind dieselben, die Kinder wie Idioten behandeln und sich so letztendlich auf eine Stufe mit ihnen stellen. Er ist fähig, Dinge zu sagen, die sie wahrscheinlich nicht einmal denken können, doch er beschränkt sich darauf, sie mit seinem milden Lächeln anzusehen, während sie sich zum Affen machen.

Wer ihn zum erstenmal sieht, gibt sich damit oft nicht zufrieden. Er bleibt stehen und dreht sich nach ihm um. Paolo merkt es, und ich habe den Eindruck, er hinkt mit einer Leidensmiene weiter. Doch vielleicht ist es gar nicht so, er paßt nur auf, daß er nicht fällt, er ist daran gewöhnt, angestarrt zu werden, ich bin es, der sich nicht damit abfindet. Ich bin es, der die Leidensmiene hat, und das ist es, was uns – mit Abstand – verbindet.

Manchmal habe ich auch kurz die Augen geschlossen und sie dann wieder geöffnet: Wer ist dieser Junge, der da an der Mauer entlangtorkelt? Ich sehe ihn zum erstenmal, er ist ein Behinderter. Ich überlege, wie mein Leben wohl ohne ihn gewesen wäre. Nein, es gelingt mir nicht. Wir können uns zwar viele Leben vorstellen, aber auf unseres nicht verzichten.

Einmal, als ich ihn so anschaute, als wäre er ein anderer und ich ein anderer, winkte er mir zu. Er lächelte und lehnte sich an die Mauer. Es war, als hätten wir uns für einen kurzen Augenblick für immer gefunden.

Inhalt